S.B. Sasori

DIE SACHE MIT DEN

Liebe Laura!

Es war mir eine große Freude, diese Geschichte zu schreiben. Ohne dich würden Theo und Kouki immer noch hinter dem Vorhang auf ihren ersten Auftritt warten.

Bibliografische Information der Deutschen Nationalbibliothek:
Die Deutsche Nationalbibliothek verzeichnet diese Publikation
in der Deutschen Nationalbibliografie; detaillierte bibliografische Daten sind im Internet über http://dnb.dnb.de abrufbar.

Bildmaterial: depositphotos.com;
©karandaev, ©HT-Pix, ©lifeonwhite;
pixabay.com, ©Lohrelei

Korrektorat: Ingrid Kunantz

Herstellung und Verlag:
BoD – Books on Demand, Norderstedt

ISBN: 9783750433168

Inhaltsverzeichnis

Der Fuchs im Kohlenkeller

Haku schritt durch den Schnee, als würde er darüber schweben. Der lange, weiße Bart flatterte im Wind, die dunklen Augen waren auf Kouki gerichtet.

Mit unerbittlicher Strenge und dem stets in Haku schwelendem Zorn, der sich in dem starren Blick festgebissen hatte und egal, was Kouki anstellte, er wollte nicht weichen. Seit er bei Haku lebte, hatte er den Magier nie freundlich erlebt, dabei riss er sich alle vier Beine aus, um es ihm recht zu machen.

Gut, er hätte die Taube nicht fressen dürfen. Das war ein Fehler gewesen, aber er hatte schrecklichen Hunger gehabt und der Vogel hatte so schön rund und fett ausgesehen. Das Wasser war ihm in der Schnauze zusammengelaufen und plötzlich, ganz von allein, hatten seine Zähne in zartem, saftigem Fleisch gesteckt.

Haku baute sich in seiner furchtbaren Größe vor ihm auf und sah niederschmetternd streng auf ihn herab.

Kouki kauerte sich zusammen, legte die Ohren an. Der Fuchsschwanz schlang sich bis zu seinen Vorderpfoten. Unauffällig versuchte er, sich die Federn von der Schnauze zu streifen. Ein paar von ihnen fielen blutig in den Schnee, doch der Rest schien wie festgeklebt.

»Du nichtsnutziger kleiner Dieb!« Hakus Stimme schnitt durch die eisige Kälte. »Meine Geduld mit dir ist endgültig vorbei. Wer seinen Herrn bestiehlt, hat den Platz an dessen Herd verwirkt.«

Der Herd war ihm egal. Das Bett wär's gewesen. Aber damit brauchte er Haku nicht kommen.

»Du bist eine Schande deiner ohnehin verlausten Art!«

Die gezischten Worte schmerzten ebenso wie Stockschläge.

»Ich habe genug von dir, Kouki. Genug von deinem beklagenswerten Ungeschick, genug von deinem ständigen unverschämten Aufbegehren und deine Zudringlichkeit ist mir ebenfalls zuwider!«

Er würde ihn fortscheuchen. Er fühlte es bis in die vor Angst zuckende Schwanzspitze hinein.

Sein Herz verschluckte sich. Lieber ertrug er die Prügel und die ständigen Vorwürfe als Einsamkeit.

Haku packte ihn im Nacken. So fest, dass Kouki aufjaulte. »Du hast keinen Herrn verdient.«

Aber er brauchte einen!

»Ein Hilfsgeist, der den Gehorsam verweigert und nach der Hand schnappt, die ihn füttert, kann nicht genug bestraft werden!«

Er hatte niemals nach Hakus Hand geschnappt. Im Gegenteil, er hätte sie gern auf sich gefühlt. Nicht strafend, sondern kraulend. Er hätte sie auch gern abgeleckt und den Kopf reingeschmiegt. Noch lieber hätte er zärtlich an den langen, etwas faltigen Fingern geknabbert aber nie, wirklich nie hätte er sie gebissen!

»Du elender, schurkischer Dieb!«, donnerte der furchteinflößendste aller Magier. »Wie konntest du es wagen?«

»Es war nur eine Taube«, zwang er die menschliche Stimme aus einer Kehle, die in seiner momentanen Verfassung nicht dafür geschaffen war. »Davon hast du genug.«

»Du wagst es, mir Widerworte zu geben?«

Die zornigen Worte bebten ihm durch den gesamten Körper.

Kouki senkte den Kopf, bis seine Nasenspitze im Schnee steckte.

»Fürwahr, ich habe nie einen ungehorsameren, nichtsnutzigeren und durch und durch verdorbeneren Hengeyōkai zu mir befohlen als dich.« Er drückte ihn noch tiefer in den Schnee, bevor er ihn endlich losließ. »Höre, Kouki, Schande aller Kitsune, ich verbanne dich von meiner Seite und solltest du es wagen, dich mir nur einen schrittweit zu nähern, fege ich dich schneller aus dem Leben, als du winseln kannst!«

»Das darfst du nicht!« Er war sein Herr! Außer ihm besaß er niemanden!

»Im Gegensatz zu dir, elender Tölpel, darf ich tun, was immer mir beliebt«, sagte der gemeinste aller Magier. »Zügele deine unverschämte Zunge, sonst sorge ich dafür, dass es nichts mehr zu zügeln gibt.«

Kouki biss die Zähne zusammen und sperrte seine Zunge fest dahinter ein. Er liebte sie. Sie verschaffte ihm ein paar kleine Freuden in seinem dank Haku trostlosen Dasein. Sie war rau, leckte gern über Fell, umschmeichelte noch lieber zarte Haut.

Wenn Haku sie nur ließe.

»Meine Schwelle ist fortan für dich tabu.« Mit einer herrischen Geste schleuderte der Magier den dünnen Schleier zurück, der das Refugium von dem Grau der Stadt trennte. »Überschreite sie und ich ziehe dir das Fell über die Ohren.«

Das war nicht fair. Das Refugium war auch sein Zuhause und wohin sollte er sich wenden? Er konnte niemand anderem unter die Augen treten und niemand außer Haku würde verstehen, was er brauchte.

Verstehen war das eine, es zu geben das andere. Haku ließ ihn an langer Hand verhungern. Auf sämtlichen Gebieten. Was hatte er verbrochen, dass er ausgerechnet an den hartherzigsten Magier aller Zeiten geraten war?

»Ich war dir stets zu Diensten!« Das Sprechen würde ihm leichterfallen, wenn er sich in einen Menschen verwandeln dürfte, doch Hakus unerbittliche Hand verhinderte das. »Du hast mich als Diener zu dir befohlen und ich habe dir gedient!«

Haku lachte.

So klang Eis, wenn es zersprang.

»Du bist ein Tölpel und das Ärgernis meiner Tage und Nächte.« Er umfasste Koukis Schnauze, drückte zu. »Geh, oder ich trete dich aus meiner Heimstatt.« Endlich ließ er ihn los.

Kouki legte die Ohren an, knurrte. Seine Nackenhaare stellten sich auf. Es geschah einfach. Er konnte nichts dagegen tun.

Hakus Blick verschattete sich. »Wage es.«

Rückwärts schlich er zum Ausgang. Einen Schritt nach dem anderen, die Augen auf Haku gerichtet. Wenn der Magier vorhatte, ihm zum Abschied noch eins aufs Fell zu brennen, wollte er gewarnt sein.

Doch Haku rührte sich nicht. Reglos stand er im blendenden Weiß des ewigen Winters und wartete, bis Kouki die unsichtbare Grenze überschritten hatte. Ein Wink der langfingrigen, dünnen Hand, und der Schleier fiel vor Koukis Nase herab.

Wo eben noch diffus blauer Himmel und glitzerndes Weiß geherrscht hatten, versperrte ihm nun eine fleckige Tür den Weg. Nach oben hin verschwand sie im Dunklen eines trostlosen Treppenhauses.

Kouki kratzte vergebens daran. Haku hatte ihn fortgescheucht. Er würde ihn nie wieder bei sich aufnehmen. Wo sollte er hin?

Hinter der Nachbartür schimpfte ein Mann. Seine schweren Schritte wurden lauter. Ein dumpfer Schlag, etwas polterte und eine wahre Fluchsalve strömte in Koukis Ohren.

Er wich zurück, stolperte dabei über seinen Schwanz.

Grelles Licht. Es flammte auf, vertrieb jeden noch so kleinen Schatten.

Der Schreck fuhr ihm durch Mark und Bein. Er rannte die Treppe hinunter. Sie war so lang und so steil und das Licht ging nicht aus. Unten versperrte ihm erneut eine Tür den Weg. Doppelt so breit, doppelt so hoch und ganz bestimmt doppelt so dick. Wie ein Verhängnis lehnte ein Besen daneben.

Er hasste Besen. Haku hatte ihn oft mit einem verdroschen.

Sein Herz schlug wie verrückt, während seine Pfoten an dem Holz kratzten, was dem Holz egal war. Die paar Schrammen änderten nichts an dem Zustand der Tür, geschlossen zu sein.

Ein Duft. Süß, würzig, buttrig. Er drang aus einem Päckchen. Es stand auf dem Sims, duftete ihm das Knurren zurück in den kaum noch gefüllten Magen.

Das Wasser lief ihm in der Schnauze zusammen.

Er stellte sich auf die Hinterläufe, biss in die Pappe. Ein Ruck und alles Leckere fiel ihm entgegen.

Köstlich, so unglaublich …

»Was ist denn hier los?«

Eine zu zornige Stimme mit zu schnellen Schritten.

Das bedeutete nie etwas Gutes.

Kouki duckte sich an die Wand.

Ein Mann stapfte die Treppe hinab. Sein schwarz-grau gestreifter Morgenmantel flatterte ihm um die dünnen Beine. Unter dem wild zerzausten Haar starrte er Kouki zuerst erstaunt, dann böse an. »Was machst du Vieh in meinem Treppenhaus?« Er schnappte sich den Besen, ging auf ihn los. »Verschwinde!« Der wirre Blick fiel auf das duftende Päckchen. »Das hat dich also angelockt.« Fluchend warf er es auf die Treppe. »Raus mit dir!« Wie von Sinnen wedelte er mit dem Besen durch die Luft, schlug auf Kouki ein.

Hin und herhuschen. Weg von dem Besen.

Warum kam ihm Haku nicht zu Hilfe? Er war sein Herr! Er musste ihn beschützen!

Weil er das nicht mehr war. Kein Herr, kein Schutz und rausgeschmissen hatte er ihn außerdem.

Ein Hieb krachte ihm auf den Rücken. Der Schmerz zuckte ihm durch den Körper, sammelte sich im Kopf und wurde zu schrecklicher Angst.

Kouki jaulte und bellte, doch die Hiebe prasselten immer schneller auf ihn hinab.

»Herr Romanowski!«, gellte eine schrille Frauenstimme. »Lassen Sie sofort das arme Tier in Ruhe!«

»Die Tollwut bringt uns das ins Haus!«

Wie das denn? Er war ein Kitsune und kein schnöder Wald- und Wiesenfuchs!

»So machen Sie ihm doch um Himmels willen die Tür auf!«

»Ich habe keinen Schlüssel!« Wie eine Lanze hielt der Mann den Besen vor sich, schnappte nach der Klinke und zerrte völlig umsonst daran.

Eine Frau in rosa Blümchenstrickjacke humpelte die Treppe hinab. »Wehe Sie schlagen noch einmal nach dem armen Tier.« Sie drängte den Mann von der Tür weg, schloss auf und öffnete sie weit. »Husch, Kleiner. Und pass auf, dass du nicht überfahren wirst.«

Durch die dünnen Beine raus in die Nacht. Ein Schatten sprang fauchend auf eine Fensterbank.

Kouki flitzte durch die Tordurchfahrt.

Ein Auto hupte. Quietschende Bremsen, grelles Licht, das ihm in die Augen stach.

Er rannte von der Straße, huschte zwischen erschrocken zurückspringenden Menschen entlang in eine Einfahrt. Hinter einem Müllcontainer kauerte er sich zusammen, versuchte, klar zu denken.

Moment, war er nicht eben hier rausgerannt?

Auf der anderen Seite der Tür zeterte die Frau mit dem Mann und der Besen sauste bestimmt immer noch in der Luft herum.

Kouki machte sich so klein wie er konnte.

Er war verloren. Ohne einen Herrn war er nichts wert. Allein würde er den Verstand verlieren. Aber wie sollte er jemanden finden, der sich seiner annahm?

Als Fuchs käme ein Jäger in Betracht.

Seine Lefzen zogen sich hinauf. Ja genau. Danach waren seine Probleme ein für alle Mal erledigt.

In seiner menschlichen Gestalt war es kaum leichter, jemanden für sich zu begeistern. Gleichgültig, wie sehr er sich anstrengte, er hatte es nie geschafft, sich der Ohren und des Fuchsschwanzes zu entledigen. Sie waren die Attribute seiner Existenz, die sichtbaren Zeichen für jeden Magier, mit welcher Art Hengeyōkai er es zu tun hatte.

Es hatte sich für ihn ausgemagiert. Er befand sich nicht mehr in der Sphäre dahinter, sondern mitten in der Welt der Menschen. Hier würde niemand Verständnis für das befremdliche Nähebedürfnis eines jungen Mannes aufbringen, dem Fuchsohren aus den Haaren wuchsen und ein felliger Schwanz aus der Hose wippte.

Er brauchte Kleidung. Irgendetwas mit Kapuze und dazu eine weite Hose. Außerdem war es bitterkalt. Nach der Verwandlung war er bis auf das bisschen Fell an seinem Schwanz nackt.

Der Gedanke ließ ihn jetzt schon zittern.

Viel zu nah kläffte ein Hund.

Kouki zuckte zusammen.

Er war allein. Ausgesetzt und verstoßen.

13

Weil er zu viele Widerworte gegeben hatte, zu aufdringlich gewesen war, zu ungehorsam und zu guter Letzt eine von Hakus geliebten Tauben gestohlen hatte.

Und gefressen.

In ein paar Stunden würde sein Magen erneut knurren. Schrecklicher als zuvor. Haku hatte ihm nie genug gegeben, um wirklich satt zu sein.

Seine menschliche Seite begann sich zu regen. Das angestrengte Denken lockte sie hervor. Er hätte es besser bleibenlassen, doch jetzt war es zu spät.

Bevor sie den Fuchs vertrieb, brauchte er verflixt noch mal Kleidung!

Hinter seinen Lidern wartete ein dunkler Tag auf ihn. Kalt, nass, definitiv grau und mittelprächtig einsam. Wenn er wenigstens eine ruhige Nacht gehabt hätte, doch kaum war er eingeschlafen, hatte ihn ein Tumult aus dem Treppenhaus geweckt. Wahrscheinlich hatte Romanowski einen Penner vor die Tür gescheucht.

Armer Kerl, aber der Hausmeister kannte keine Gnade.

Theo wühlte sich aus den zwei Decken. Sanken die Temperaturen weiter, würde er Romanowski in den Heizungskeller schleifen und ihn zwingen, das verdammte Ding ein paar Stufen höher zu schalten. Nachtabsenkung bedeutete nicht bis knapp vor dem Gefrierpunkt.

Bevor er die Füße aufs kalte Linoleum stellte, angelte er seinen Pullover und die dicken Socken vom Stuhl.

Kurz vor sieben. Noch eine Stunde, bis die Wohnung warm genug war, um sich nicht nach Mütze und Handschuhen zu sehnen.

Er schüttelte die Decken auf, öffnete das Fenster. Nasskalte Dezemberluft verpasste ihm eine eins A Gänsehaut auf den Oberschenkeln.

Auf dem Weg zum Badezimmer verfluchte er den Hausmeister im Sekundentakt. Erst, als ihm der Heizlüfter warm an den nackten Hintern pustete, entspannte er sich. Exakt zu diesem Zweck hatte er das Ding auf dem ausrangierten Barhocker platziert.

Theo seufzte. Ein warmer Arsch war was fantastisches.

Als der kurz davor stand, Blasen zu werfen, trennte er sich von Socken und Pullover und floh unter die Dusche.

Ein normaler Freitag, vollgepackt mit Aufgaben, die um Andis neues Projekt kreisten. Das Haus war abbruchreif, aber wenn das sein Boss anders sah, war ihm das nur recht.

Er musste die Butze winterfest verpacken, damit es nicht mehr durch das löcherige Dach regnete. Eventuell schaffte er es, wenigstens einen der beiden Räume im Erdgeschoss zu entrümpeln. Andi würde ihm von jetzt auf gleich einen Container vors Haus stellen. Solche Dinge erledigte er professionell und auf Zuruf.

Theo trocknete sich ab, schrieb einhändig eine Nachricht an seinen Boss, und warf sich in Rekordgeschwindigkeit in die Sportsachen. Der Gedanke, seine Runde heute ausfallen zu lassen, streifte ihn bloß für eine Sekunde. Das Laufen hielt ihn nicht nur körperlich, sondern auch mental in Form. Im Winter war das für ihn wichtig.

Er hatte die Turnschuhe noch nicht zugeschnürt, als das Handy vor sich hinsummte.

Uroma? Um sieben in der Früh?

»Was ist los? Geht's dir nicht gut?« Dreiundneunzig war kein Pappenstiel.

»Was?«, donnerte ihm die nur ein wenig brüchige Stimme ins Ohr. »Sprich lauter, Junge!« Es klang eindeutig nicht schwach, krank oder sonst wie elend. Höchstens nach einem schlecht eingestellten Hörgerät. Vielleicht hatte sie es auch wieder verloren.

»Warum rufst du mich an?«, brüllte er ebenso laut. »Ich bin eben erst aufgestanden. Es ist gerade mal sieben, Uroma.«

»Nenn mich nicht so«, wetterte es zurück. »So alt wie das klingt, werde ich nicht mehr. Wieso kannst du nicht Oma zu mir sagen? Andere Enkel machen das mit ihren Großmüttern auch und das klappt.«

»Weil du meine Uroma bist«, erinnerte er sie zum tausendsten Mal an Fakten.

»Nenn mich Lotte oder Oma, aber lass das Ur weg. Mein letztes Wort.«

Gedanklich stand er stramm, während sich seine linke Wange an die schallenden Ohrfeigen erinnerte, die er als Kind von ihr kassiert hatte. Sie hatte nach jedem Ausrutscher versucht, ihn zurück auf den rechten Weg zu scheuchen. Mal mehr, mal weniger handgreiflich.

»Hast du noch deine Arbeit bei dem Hausmeister?«

»Andi ist ein Immobilienverwalter aber ja, den Job habe ich noch.« Seit vier Jahren ununterbrochen und bei jedem Anruf fragte sie wieder danach. Ihre Angst vor seinem sozialen Abstieg saß tief, war jedoch grundlos. Er hatte sich geschworen zu funktionieren und daran hielt er sich.

»Wie schmecken dir die Zimtsterne?«

»Bitte?« Für schnelle Themenwechsel war es zu früh.

»Junge, ich habe dir gestern ein Päckchen geschickt. Sag nicht, dass es die Post verschludert hat. Stundenlang stand ich in der Küche und das mit meiner schlimmen Hüfte.«

Ein Päckchen. »Moment.« Gestern war er bis spät abends auf der neuen Baustelle gewesen. »Dass ist bestimmt bei meinem Nachbarn abgegeben worden.« Den konnte er schlecht um die Uhrzeit rausklingeln. Der Kerl ging erst weit nach Mitternacht ins Bett. Jedes Mal, wenn Theo selbst die Nacht zum Tag gemacht hatte, brannte dort noch das Licht. Auch um fünf Uhr morgens.

Haku. Mehr stand nicht auf dem Klingelschild. Ein kauziger Japaner mit stechendem Blick und langem Fusselbart, der seine Zeit damit verbrachte, Tauben zu füttern. Die Viecher fraßen ihm im wahrsten Sinne des Wortes aus der Hand. Theo sah ihn oft auf dem winzigen Balkon stehen, während ihn die Vögel umflatterten.

»Schaff das Päckchen ran und melde dich«, befahl Uroma. »Und lass dich wieder mal bei mir blicken.«

»Mach ich.« Spätestens an Heiligabend.

»Bis dann, Theodor.«

Ihm stellten sich die Fußnägel auf.

»Oma, du weißt genau …«

Sie hatte aufgelegt.

Es gab nicht viel, das er ebenso hasste wie seinen vollausgesprochenen Vornamen.

Theo warf das Handy aufs Sofa, zog sich eine Jacke an und verließ die Wohnung. Während er abschloss, fiel sein Blick auf eine blutige Feder. Sie lag auf seiner Fußmatte. Etwas weiter klebte eine zweite auf den rissigen Fliesen.

Seit wann schleppte Frau Jänickes Katze ihre Beute bis unters Dach?

Auf der Matte von Herrn Haku befand sich ebenfalls ein kleines Büschel Federn.

Wahrscheinlich hatte das Tier eine seiner Tauben erwischt.

Er trabte die Treppe hinunter, stolperte auf dem letzten Absatz über ein Paket. Ein vertrauter Duft stieg zu ihm auf. Omas Zimtsterne. Der Adressaufkleber gab ihm recht.

Das Packpapier war aufgerissen und eine Ecke sah aus, als hätte jemand gierig vor Hunger reingebissen. Mit erstaunlich spitzen Zähnen.

Nachtisch für Jänickes Katze?

Ehe das Vieh sich ein zweites Mal über die Plätzchen hermachte, trug er sie besser rauf in die Wohnung. Danach war er wenigstens aufgewärmt und konnte auf das Dehnen und Herumhopsen verzichten.

Oben stand Haku in der offenen Tür, den Blick starr auf die blutigen Federn zu seinen Füßen gerichtet.

»Morgen«, sagte Theo leicht außer Atem. »Schätze, einer ihrer Lieblinge wurde gesnackt.«

Der Japaner hob langsam den Kopf, sah ihn ausdruckslos an, bevor er einen Schritt rückwärts ging und die Tür gefühlt vor Theos Nase schloss.

»Dir auch einen guten Morgen.« Idiot.

Haku war erst vor ein paar Monaten eingezogen und hatte sich bisher nie außerhalb seiner vier Wände blicken lassen. Den Balkon ausgenommen.

Musste der Kerl nie einkaufen?

Theo brachte das Päckchen in seine Wohnung, trabte aus dem vierten Stock wieder nach unten.

Werte Mieter!

Es wird darauf hingewiesen, dass wegen einer Fuchsplage keine Pakete mehr im Hauseingang abgestellt werden dürfen. Insbesondere keine mit essbarem Inhalt. Das zuständige Forstamt wurde bereits informiert.

Gruß H. Romanowski

Die Folie mit dem Dina 4 Blatt pinnte mit vier Reißzwecken an der Eingangstür.

Welche Fuchsplage?

Von oben hallten eilige Schritte. Der Dynamik nach gehörten sie zu Ole.

»Morgen Arschloch«, kam es wenig motiviert zwischen den etwas zu schmalen Lippen hervor. »War ich dir letzte Nacht leise genug?«

Offenbar nahm er ihm die *Tunte* immer noch übel.

»Ich habe mich entschuldigt.« Er war genervt gewesen. Das war alles. Bis vier Uhr morgens wach zu liegen, weil sich Ole von einem Kerl laut stöhnend durch die Matratze vögeln ließ, war hart. Besonders wenn man früh rausmusste und selbst nichts zum Vögeln hatte. Vielleicht war zum Frust der Neid dazugekommen. Andererseits wusste Ole, dass das Haus dank der Holzbalkendecken hellhörig war und seine Wohnung lag unter Theos.

Am nächsten Morgen waren ihm ein paar wenig freundliche Sätze zum Thema rausgerutscht, für die er sich kurz darauf geschämt und mittags entschuldigt hatte. Unausgeschlafen war er nicht zu ertragen und Ole hatte die Breitseite davon abbekommen.

Ole musterte ihn übertrieben von oben nach unten und wieder zurück.

Theo ertrug es mit Widerwillen. Er war zu oft auf diese abschätzende Weise angesehen worden, um es noch witzig zu finden.

»Ich erwarte keine Entschuldigung von einem wie dir«, sagte Ole schließlich und in einem Ton, der Theo sauber gegen den Strich bürstete.

»Kam mir zwar die Tage anders vor, aber wenn du meinst.« Ole hatte ihn angefaucht wie eine Katze, der man auf den Schwanz getreten war und seinen spitzen Finger dabei in Theos Brust gebohrt. Er hätte sich gefälligst bei ihm und Matthias zu entschuldigen, oder etwas Furchtbares würde passieren.

Theo hatte ihm entspannt ins Gesicht gelacht. Ole gehörte nicht zu der Sorte Mann, die einem etwas Furchtbares antaten. Ein Blick genügte, um das zu erkennen.

Trotzdem, ein bisschen zu Kreuze kriechen war nach der Tunten-Nummer in Ordnung. Das hatte er verdient. Aber kein Grund für Ole, es zu übertreiben.

Oles Blick schweifte von ihm zu Romanowskis Hinweisschild und seine Miene verdüsterte sich um weitere zwei Level. »Noch so ein sozialinkompetenter Macho.« Er zückte einen Edding, übermalte das Ausrufezeichen mit einem dicken Stern und fügte *innen* dahinter. »Kerle wie ihr lebt mental in der Steinzeit und wundert euch, dass sich keine Weiber mehr an den Haaren in Höhlen zerren lassen.«

»Moment.« Davon abgesehen, dass es die meisten Frauen schätzten, wenn ihnen beim Sex fest in die Haare gefasst wurde. »Willst du mich allen Ernstes mit Romanowski vergleichen?« Der hatte weder die Siebzigerjahre noch die DDR verlassen.

»Ja.« Ole verschränkte die Arme vor der Brust, was ihm einen Hauch Dominanz verlieh. »Nicht äußerlich, aber von eurem prähistorischen Geschlechterrollenbild her.«

»Da hab ich ja Glück gehabt.«

Wie schaffte es der Kerl, solche Worte am frühen Morgen mir nichts dir nichts rauszuhauen, ohne sie sich auch nur einen Moment zurechtzulegen?

»Glück?« Oles Braue zuckte unters Strubbelpony.

»Romanowski ähnelt einem Uhu in der Mauser.« Es hätte ihn ernsthaft gekränkt, mit dem Schrat verglichen zu werden.

Der Anflug eines Lächelns vertrieb die vorwurfsvolle Strenge wenigstens ein bisschen aus Oles Gesicht. »Wenn Matthias das nächste Mal über Nacht bleibt, bringe ich dir vorher Ohrstöpsel vorbei.« Er steckte den Edding in die Brusttasche seiner Jacke, schob Theo zur Seite und verschwand in den immer noch dunklen Morgen.

Für zwei Atemzüge schaffte es Oles Aftershave, den Plätzchenduft zu überdecken, der nach wie vor in der Luft hing. Welches Tier sich auch immer an dem Päckchen zu schaffen gemacht hatte, es hatte kurz vor dem Erfolg aufgegeben.

Theo trat vors Haus, atmete tief die schwere, kalte Luft ein.

Ole radelte bereits durch die Toreinfahrt.

War sicher nett, jemanden zu haben, mit dem man bis in die Puppen poppen konnte. Der Geräuschkulisse nach machte Matthias einen guten Job.

Vielleicht sollte er wieder mal feiern gehen und was zum Nachhausenehmen auftreiben. Nur für eine Nacht. Ausnahmsweise nicht allein im Bett vor sich hinzufrieren zu müssen war was Feines. Manchmal brachte er es sogar über sich, den Damen einen Frühstückskaffee anzubieten. Danach wurde es jedoch kritisch. Spätestens wenn sie Handynummern austauschen wollten. Einmal hatte er sich dazu breitschlagen lassen. Drei Monate. Der kläglich gescheiterte Versuch einer Beziehung.

Da war etwas. Rechts von ihm. Eine Bewegung, nur aus dem Augenwinkel wahrgenommen.

Ein puscheliger, orangefarbener Schwanz. Er verschwand mit elegantem Schwung hinter dem Müllcontainer.

Ein Fuchs. Mitten in der Stadt.

Nicht zu fassen!

Eine schwarze Nasenspitze samt felliger Schnauze lugte hervor, schnupperte. Eine Sekunde später funkelten ihn im Schein der Außenlampe zwei bernsteinfarbene Augen an.

Der war ja zutraulich.

»Stammen die Zahnabdrücke auf meinem Päckchen von dir?«

Das Tier senkte den Kopf.

»Scharf auf Uromas Zimtsterne, hm?«

Es leckte sich die Schnauze, schluckte.

Als ob er ihn verstehen würde. Niedlich.

»In deinem Interesse gehe ich davon aus, dass du keine Tollwut hast, sondern bloß Hunger.« Nur einen vorsichtigen Schritt näher.

Der Fuchs duckte sich noch tiefer hinter den Container.

»Keine Angst, Kleiner. Ich tue dir bestimmt nichts. Aber vorm ollen Romanowski solltest du dich in acht nehmen. Der hat wegen dir schon den Jäger gerufen.«

Der hübsche Kopf hob sich etwas, neigte sich ein wenig zur Seite, ohne dass die runden Äuglein auch nur blinzelten.

Konnten Füchse überhaupt blinzeln? Auf jeden Fall konnten sie zuhören, denn der vor ihm sah genau so aus.

»Wenn ich du wäre, würde ich mich aus dem Staub machen, bevor die Kavallerie anrückt.«

Ein leises Fiepen. Es klang beinahe wie ein Wimmern. Das Tier ging einen Schritt rückwärts, legte die Ohren an und senkte die Nase.

»Kerlchen, vor mir musst du dich bestimmt nicht fürchten.« Er war der Trottel in dem Film, der mit einem Fuchs plauschte. Der Schurke wohnte rechts im Erdgeschoss und nannte sich Hausmeister. »Ich würde dich ja auf ein Frühstück einladen, doch ich habe weder Katzen- noch Hundefutter da.«

Die Fellschnauze schob sich nach vorn, schnupperte. Zeitgleich stellten sich die Ohren wieder auf.

»Wie gesagt, Katzenfutter ist aus, aber so wie es scheint, reichen dir auch Uromas Zimtsterne.« Verständlich. Die Dinger schmeckten unvergleichlich. Sie meinte, es läge am Zitronensaft, mit dem sie den Zuckerguss anrührte, doch da musste noch mehr sein.

Sie waren eine Wucht.

Theo lief das Wasser im Mund zusammen.

Dem Fuchs ebenfalls, denn er leckte sich erneut die Schnauze.

»Du hast Hunger.« Einen winzigen Schritt näher. »Und ob du den hast.« Er musste einkaufen. Direkt nach dem Laufen. Eine Dose Katzenfutter schadete nicht. Was Besseres fiel ihm nicht ein. »Keine Mäuse in der Gegend?«

Bildete er es sich ein, oder hatte das Tier gerade mit der Schulter gezuckt?

Er steckte eindeutig noch im Schlaf- und Traum-Modus.

Ausgesprochen elegant setzte sich der Fuchs hin, stellte die Vorderpfoten dabei sorgfältig nebeneinander und legte mit einem ebenfalls erstaunlich eleganten Schwung die Schwanzspitze darüber.

Was für ein bildschönes Tier.

Und das sollte einer Flinte zum Opfer fallen?

»Deal: Ich gehe jetzt joggen, und auf dem Rückweg bringe ich dir etwas zu fressen mit. Dann verschwindest du schleunigst, und zwar bevor der Mann mit der Knarre kommt, verstanden?«

Der Fuchs nickte.

Was zum …

»Ach der Herr Hanke!« Frau Jänicke winkte aus dem Fenster. »Mit wem reden Sie denn da?«

»Selbstgespräche.« Er grinste, ohne auch nur in die Nähe des Containers zu sehen. »Was macht Ihre Gicht?«

Der Fuchs hatte genickt. Ganz sicher. Das hatte er sich nie im Leben eingebildet.

Die alte Dame winkte ab, verhedderte sich dabei mit den Fingern in dem Konstrukt von Lockenwicklern und Kopftuch, was sie für einen Moment aus dem Takt brachte.

Theo riskierte einen schnellen Blick.

Von dem Fuchs war nichts mehr zu sehen.

»Haben Sie den Lärm gestern Nacht mitbekommen?«, fragte die Jänicke und schob die Wickler wieder in Form. »Der Romanowski hat auf einen armen Fuchs eingedroschen, der sich im Hausflur versteckt hatte. Mit dem Besen!«

»Eingedroschen?« Die Seite in ihm, die er neunzig Prozent seines Alltags im Griff hielt, ballte die Fäuste und knurrte. »Weiß der, was Tierquälerei ist?« Vor seinem inneren Auge schnappte er sich selbst den Besen und ließ ihn auf den knochigen Rücken niedersausen.

Stopp. Falsche Gedanken. Mit einer Schippe voll Pech brachten sie ihn hinter die Gitter, durch die er nie wieder sehen wollte.

»Der tritt auch meine Susi aus dem Weg.« Bekümmert schüttelte sie den Kopf. »Solchen Menschen ist nicht zu helfen.«

Zeit für ein ernstes Wörtchen. Er würde sich Romanowski bei Gelegenheit vornehmen. Er hatte weder nach Katzen zu treten, noch auf Füchse einzuschlagen.

»Ich dachte, Sie hätten ihre Freundin zur Tür begleitet.« Jänicke zwinkerte. »Von wegen Selbstgespräche.« Ihr faltiger Mund straffte sich zu einem verlegenen Lächeln.

»Hätte ja sein können, bei einem jungen Mann Ihrer Statur und Ihres guten Aussehens.«

Da wurden doch glatt ihre runzligen Wangen rot.

Theo verkniff sich ein Grinsen.

»Hätte es.« Wenn er eine Freundin gehabt hätte, aber bis jetzt hatte sich nichts Dauerhaftes ergeben. Davon abgesehen hatte er andere Sorgen. Frauen waren neugierig, wollten alles von einem wissen, und wenn sie selbst etwas sagten, was ständig der Fall war, forderten sie hundertprozentige Aufmerksamkeit. Außerdem war der Sex mit ihnen kompliziert. Zu viel Vorbereitungszeit und ihre Laune samt Hormonstatus mussten ebenfalls passen.

Wenn er vögeln wollte, wollte er vögeln und nicht vorher bei Madame einen Antrag auf Genehmigung stellen.

Mit der Haltung bekam er nie mehr als einen One-Night-Stand.

Ole hatte mit seiner Einschätzung ihm gegenüber recht.

Und wenn schon. Was unkompliziert Schnelles war okay für ihn. Da wussten beide Seiten, woran sie waren. Kein Stress, keine enttäuschten Erwartungen.

»Der Herr Hanke«, flötete Frau Jänicke. »Immer mit den Gedanken woanders. Nie hört er einem zu.«

»Stimmt.« Das mit der Frau fürs Leben konnte er vergessen. »Tut mir leid.«

Jänicke winkte erneut ab. Dieses Mal einen halben Meter von ihrem Kopfputz entfernt. Immer noch grinsend schloss die das Fenster und zog die Tüllgardine vor.

Er hätte sie nach Katzenfutter fragen sollen.

»Fuchs?« Er lugte um den Container.

Nichts.

Wohin hatte der sich so schnell verkrochen?

Der Lindenbaum in der Mitte des Hinterhofs, die Bank mit dem Laubhaufen darunter, ein paar Fahrräder vor den Hauseingängen, die Treppenschächte zu den Kellern.

Keine Spur von ihm.

Er hatte noch nie einen Fuchs aus der Nähe gesehen. Ein schönes Tier. Mit den schwarzen Pfoten und Beinen sah es aus, als würde er Stiefel tragen und dieser prachtvolle, puschelige Schwanz. Der verlieh ihm eine durch und durch elegante Note, vor allem wenn er ihn auf seine Vorderpfoten legte.

Vielleicht sollte er sich einen Hund anschaffen. An manchen Abenden war die Wohnung zu leer und auf seinen Laufrunden hätte er ebenfalls Gesellschaft.

Schweigende. Das war wichtig.

So ein Haustier plapperte einem nicht den Verstand aus dem Kopf und stellte keine nervigen Fragen. Es war froh, dass man da war und es ab und zu streichelte und fütterte.

Der perfekte Partner fürs Leben.

Du bist ein Chauvinistenschwein, Theo.

Ole würde diese Feststellung blind unterschreiben.

Er auch.

Aus den grauen Wolken lösten sich einzelne Flocken. Dick und puschelig, wie der Fuchsschwanz.

Er trabte los, musste grinsen. Wenn ihn Schneeflocken an Fuchsschwänzen erinnerten, war das kein gutes Zeichen. Er sollte sich ein wildes Wochenende gönnen. Jens und Martin hätten sicherlich ebenfalls Lust, einen draufzumachen. Sie hatten den Bogen geschafft und führten wie er ein sauberes Leben. Zu allen anderen von früher hatte er den Kontakt abgebrochen.

Einmal Knast reichte.

Eine Freundin würde sich für seine Vergangenheit interessieren und erwarten, dass er ihr davon erzählte.

Keine Chance. Auf drei wäre sie weg.

Die Straße runter, über den Radweg, an der Kegelbahn vorbei in den Park. Die Flocken fielen immer schneller. Auf dem Rückweg würde er über Matschpfützen springen müssen.

Der erste Schnee. Pünktlich zu Weihnachten. Er sollte nachher ein Selfie mit brennender Kerze und Plätzchen im Mund für Uroma aufnehmen. Aus seiner Familie war sie die Einzige, die auf dieses Fest Wert legte und er besuchte sie an diesen Tagen nur, damit sie es nicht allein feiern musste. Er kümmerte sich um die Gans, sie um den Rest. Er trank das erste und letzte Glas Wein des Jahres dazu und nach dem Nachtisch saßen sie mit kannenweise Kaffee bis spät in die Nacht und unterhielten sich über Berlin und wie es früher gewesen war. Im Anschluss erfuhr er, was ihr Herr Izmir geschenkt hatte und dass Frau Schmidt drei Häuser weiter immer noch an der Flasche hing.

Wenn er müde geworden war und bloß die Hälfte des Gespräches mitbekam, erkundigte sich Lotte nach seiner Mutter. Mit diesem vorsichtigen Ton, als würde sonst etwas kaputtgehen.

Jedes Jahr antwortete er dasselbe. Dass er es nicht wüsste und es ihm egal wäre. Anschließend würde Uroma ihm die Hand tätscheln und sagen: Hat niemand behauptet, dass das Leben lustig ist, ihm einen frischen Kaffee einschenken und die alten Fotoalben rauskramen. Sie mit Uropa im Grünen auf einem Kahn, haufenweise Schwarz-weiß-Gesichter, die alle mehr oder weniger mit ihm verwand waren und mindestens ein Ur- mit sich herumtrugen. Irgendwann schlug sie dann wie zufällig die Seiten mit den Kinderbildern seiner Mutter auf.

Ein breites Mädchenlächeln umgeben von Bommelmützen mal in einem unförmigen Bastkinderwagen, mal im Schnee oder Gras sitzend.

Schon komisch, was aus manchen Menschen wurde, wenn die Dinge schiefliefen.

Der Schnee fiel immer dichter.

Ob der Fuchs einen Unterschlupf gefunden hatte?

Mit dem dicken Fell kam er im Winter klar, aber ein leerer Magen war ein leerer Magen und er war er ihm hungrig vorgekommen.

Ein schmächtiger Junge im Treppenhaus. Die Knie aufgeschlagen, die Nase blutig. Von dem T-Shirt war nicht mehr viel übrig. Wenigstens hatten sie ihm den Schlüssel gelassen. Bis er an der Wohnungstür angekommen war, hatte er Tränen und Rotz abgewischt. Seine Mutter stand nicht auf fremde Dramen. Nur auf ihre eigenen.

Die immer noch ungelüftete Wohnung, obwohl es schon Nachmittag war, der obligatorisch leere Kühlschrank, das Klirren der …

Stopp.

Theo blieb stehen, atmete tief ein und aus.

Was war das Beste an der Vergangenheit?

Dass sie vergangen war.

Er trabte weiter, zerrte seine Gedanken mit jedem Schritt zurück in die Gegenwart.

Was war wichtig?

Seine Arbeit.

Gut.

Er musste Abdeckplanen für Projekt fünf besorgen. Die windschiefe Butze schimmelte sonst noch schneller vor sich hin. Wenn er die beiden unteren Zimmer ausgeräumt hatte, würde das besser werden. Die alten Möbel hielten die Nässe im Haus. Vor allem die Plüschsessel und Sofas. Das Gerümpel konnte niemals allein von den letzten Bewohnern stammen. Sie hätten keinen Schritt darin gehen können. Im Lauf der einsamen Jahre hatte sich eine Reihe Leute dazu hinreißen lassen, das kleine Häuschen als Sperrmülleimer zu missbrauchen. Alles rein, was man selbst nicht länger brauchte.

Sauerei, aber nicht zu ändern. Er war dran an dem Problem. Von jetzt an ging es für die Bruchbude aufwärts. Spätestens im nächsten Herbst war das Ding picobello und Andi konnte es vermieten. Zwei Leute passten da gemütlich rein. Bei einem mehr wurde es eng.

Es war gut, dass ihm Andi den Job als Allroundhandwerker gegeben hatte. Die Arbeit machte ihm Spaß. Er war von jeher der Typ fürs Praktische gewesen.

Außerdem hielt sie ihn auf Kurs.

Herr Hanke, hatte die Frau gesagt. Auf dem Päckchen hatte ein *Theo* davor gestanden.

Theo Hanke. Ein schöner Name. Klang stark und passte zu den breiten Schultern und den graublauen Augen. Auch zu der Stimme, die freundlich geklungen hatte.

Kouki schlang den Fuchsschwanz um den Bauch. Sein Magen knurrte trotzdem, aber wenigstens fühlte es sich ein bisschen nach Umarmtwerden an. Wenn er nicht bald etwas zu essen bekam, konnte er sich in die Riege der gescheiterten Hengeyōkai einreihen, die eines natürlichen Todes gestorben waren. So was galt als unerträgliche Schande und war alles andere als üblich.

Noch ein Grund für Haku, von ihm enttäuscht zu sein.

Was kümmerte es ihn, wie der Kerl von ihm dachte?

Er war sein Meister gewesen. Für lange Zeit der Dreh und Angelpunkt seines Lebens. Die Hand, die ihn kaum fütterte, ständig strafte und nie gestreichelt hatte. Es war gut, dass er ihn los war.

Einsamkeit war schlimmer als Hunger. Gestern Nacht hatte ihn dieses bleischwere Gefühl so fest in sich eingeschlossen, dass er keine Luft bekommen hatte. Dabei war der Platz im Laubhaufen gemütlich gewesen. Er war es noch. Zwischen den welken Blättern und den Schneeflecken fiel er mit seinem braunroten Fell kaum auf. Im Moment lugte ohnehin nur seine Nase daraus hervor.

Der freundliche, nur ganz leicht einschüchternde Mann hatte von einem Jäger gesprochen.

Das flaue Gefühl in seinem Magen wuchs zu etwas Großem und ganz und gar Scheußlichen an. Jäger erschossen Tiere. Auch solche, die keine waren? Als Fuchs hatte er auf jeden Fall schlechte Karten.

Wie klug waren Jäger? Würden sie den Unterschied zwischen einem Kitsune und einem normalen Fuchs erkennen?

Die Alternative war ein junger Mann mit ungewöhnlich felligen Ohren und einem beeindruckenden Schwanz. Hintenraus. Der vorne war nicht übel, aber auch nichts Besonderes. Vor allem war er nackt, was Kouki an verwirrten Tagen irritierte.

Den Jäger ebenfalls? Würde er vor Schreck abdrücken? Noch bevor ihm Kouki erklären konnte, dass ein Hengeyōkai eben ein Hengeyōkai war und je nach Bedarf eine tierische oder menschliche Gestalt annahm?

Er sollte sich von dem Mann fernhalten. Sicher war sicher.

Vor wenigen Stunden waren ihm Jäger und Gewehre egal gewesen. Haku hatte ihn vor solche Ärgernisse beschützt. Immerhin war er sein Herr.

Gewesen.

Würde der Magier zusehen, wie Kouki erschossen wurde? Würde er dabei auf dem Balkon seine Tauben füttern und so tun, als ginge ihn der Fuchs im Hinterhof dieser grauen, hässlichen und zu hohen Häuser nichts an?

Beim ersten Knall würden die Tauben wegfliegen. Spätestens dann würde Haku nachsehen, was los wäre.

Und nur noch ein Bündel Fell in einer riesigen und immer noch wachsenden Blutlache finden. Der starre Blick der leblosen Augen auf ihn gerichtet, anklagend, dass er, Herr des einst munteren Kitsune Kouki, seinen einzigen Hilfsgeist im Stich gelassen hatte.

Plötzlich fühlte er sich zu klein und zu dünn und vor allem zu allein und schutzlos.

Er zog seine Schnauze zurück in die modrige Wärme des Haufens. Wo sollte er hin? Außerhalb dieses Hofes gab es nur Straßen, Autos, Lärm und blinkende Lichter. Selbst in seiner menschlichen Gestalt fürchtete er sich davor und das Problem mit den Anziehsachen hatte er auch noch nicht gelöst.

Ein wenig aushalten und hoffen, dass der Mann mit der beruhigenden Stimme und den ganz sicher starken Armen an sein Versprechen dachte und ihm eine Dose Katzenfutter rausstellte?

Vorzugsweise geöffnet.

Vielleicht hatte er es vergessen. Wer scherte sich schon um einen räudigen Fuchs?

Kouki war nicht räudig. Sein Fell glänzte. Noch. Blieben die Bedingungen so schlecht, änderte sich das bald.

Zu dem Hunger gesellte sich Scham.

Wie viele Tage vergingen, bis aus einem stattlichen Fuchs etwas wurde, das niemand füttern, geschweige denn streicheln wollte?

In was für eine schrecklich jämmerliche Situation war er geraten?

Alles seine Schuld. Er hätte sein Maul nicht zu weit aufreißen sollen, mehr Respekt zeigen, unterwürfiger und sehr viel demütiger sein müssen. So wie es sein Herr verlangt hatte. Für Haku spielte das eine herausragende Rolle. Gehorsam stand für ihn an oberster Stelle.

Warum hatte er sich dann Kouki als Hilfsgeist geholt? Er war keine verschmuste Katze und auch kein ständig treu aufblickender und hechelnder Hund, sondern ein Kitsune. Das hatte mit Unterwerfung nichts zu tun, höchstens mit Sex, doch davon hatte Haku nichts wissen wollen. Stattdessen hatte er ihn jedes Mal aus dem Bett getreten, wenn sich Kouki heimlich und ganz langsam und vorsichtig unter die Decke geschlichen hatte. Nur am Fußende, um so wenig wie möglich zu stören. Hakus Füße waren nicht berauschend, aber Koukis Zunge hatte es trotzdem gefallen, zwischen den knochigen Zehen entlang zu lecken, schon aus Mangel an Alternativen. Weiter höher hatte ihn der Magier auch nicht kommen lassen.

Kouki fröstelte. Nicht wegen des nasskalten Wetters. Mehr von innen heraus.

Haku war ein grausamer Herr gewesen.

Wie sich Knechtschaft bei dem auf ursprüngliche Art sehr gut aussehenden Mann anfühlen würde?

Theo Hanke.

Kouki seufzte.

Hellbraune Haare und ein verwegener Dreitagebart. Vielleicht waren es auch nur zwei Tage oder er hatte sich heute Morgen nicht rasiert.

Ein behagliches Brummen drang aus seiner Kehle. Ein stattlicher Bartwuchs war sexy männlich. An Hakus Kinn flatterten bloß dünne, lange Fusseln.

Stattlich. Und stark. Und freundlich. Und er besaß diese lecker riechenden Kekse. Ihr Duft hing ihm jetzt noch in der Nase. Diese köstliche, nur ein wenig zu dominante Note nach Zimt und Zitronen.

Kouki lief das Wasser in der Schnauze zusammen.

Theo hatte mit einem Fuchs geredet. Allein das machte ihn zu etwas Besonderem.

Kitsune. Das Wort schwang wie eine Schaukel in seinem Kopf. Ab und zu stieß es dabei an Hengeyōkai, ohne sich dadurch aus dem Takt bringen zu lassen.

Du bist eine Enttäuschung, höhnte Hakus Stimme dazwischen. *Zu dumm für die simpelsten Dinge.*

Schon war der Stock auf ihn niedergesaust.

Weil er keine Frau war. Für Haku wäre das wichtig gewesen. Die meisten Kitsune waren weiblich.

Kouki hatte sich seine Gestalt nicht ausgesucht, sonst hätte er sich für ein breiteres Kreuz und mindestens zehn Zentimeter mehr Körpergröße entschieden.

Und sehr viel längere und messerscharfe Krallen. Vielleicht auch für eine andere Haarfarbe als dieses Standardschwarz, was durch ein bisschen Rot und ein paar grauweißen Strähnen durchbrochen wurde. Wo stand geschrieben, dass sich die Fellfarbe in die Haarfarbe mischen musste? Nirgends. Es geschah einfach. Das Tier dominierte die menschliche Gestalt und weil Füchse keine Bären waren, war er zu schmächtig.

Wäre der stattliche Mann mit dem schönen Namen ein Hengeyōkai, wäre er ebenfalls kein Bär. Eher ein Bergpuma oder ein Luchs.

Ob er männliche Kitsune mochte?

Und wenn, ob er einen Hilfsgeist brauchte?

Dazu müsste er ein Magier sein. Magier waren leicht zu erkennen. Sie benahmen sich anders als normale Menschen, waren schrecklich cholerisch, wirkten bedrohlich und eindeutig unheimlich. Außerdem redeten sie mit Tieren und erpressten sie mit Futter, um sich Informationen oder ihre Dienste zu sichern.

Theo hatte ihm Katzenfutter angeboten. Demnach *hatte* er ihn erpresst.

Sein Herz schlug plötzlich doppelt so schnell.

Ein winziger, schillernder Hoffnungsschimmer.

Theo Hanke hatte nicht cholerisch oder bedrohlich gewirkt.

Sondern ruhig und … beschützend.

In seiner Brust begann es zu ziehen. So stark, dass er seufzen musste, aber davon ging es nicht weg. Es wurde eher schlimmer.

Plötzlich stand er ihm vor Augen. In all seiner Breite und Stärke.

Das kratzige Kinn. Es musste sich fantastisch anfühlen, über die Stoppeln zu lecken. Und erst der anrasierte Nacken. Koukis Fingerspitzen kribbelten, so dringend wollten sie darüberstreichen.

Dazu musste ihn Theo Hanke wollen.

Ein mächtiger Magier wie er, würde der sich mit einem wie ihm abgeben?

Wenn du wenigstens weiß wärst, drängte sich Hakus Stimme in seine Gedanken, *doch nicht einmal das hast du fertiggebracht.*

Die heiligen Tiere der Gottheit Inari. Schneeweiß und unwirklich schön.

Kouki war bloß ein herrenloser 0815 Kitsune. Ohne Glamour, ohne besondere Talente, außer sich in einen schlaksigen Kerl mit Fransenfrisur zu verwandeln, bei der nicht einmal die Haarfarbe stimmte.

Er würde niemals einen neuen Herrn finden. Nicht nur wegen seiner unspektakulären Erscheinung. Auch weil er sich ungeschickt anstellte, widerspenstig, zu stolz für einen seiner Art und viel zu liebesbedürftig war, um einen vernünftigen Gedanken länger als ein paar Augenblicke in seinem dummen Kopf festzuhalten.

Einsamkeit bis zu seinem letzten Atemzug. Genau das blühte ihm.

Sein Magen krampfte sich zusammen.

Du willst ein Hilfsgeist sein? Haku hatte die Sakeflasche nach ihm geworfen. *Dann lerne zu gehorchen!*

Er war kein Hilfsgeist. Nicht innendrin. Selbst Haku hatte ihn nicht dazu zwingen können, aber jemandem, dem er gehörte, wollte er trotzdem.

Sex.

Der Begriff blinkte in seinem Kopf wie eine rote Leuchtreklame.

Ihm war nicht zu helfen.

Sich unter die Decke von jemandem kuscheln. Dessen Geruch schnuppern, ihn ablecken, dicht an ihn geschmiegt tiefer rutschen, bis Nase und Mund die Stellen fanden, die ganz besonders delikat dufteten. Während er auch dort schleckte, würde ihm sein Herr die Ohren kraulen oder den Fellschwanz zwischen seinen Händen entlanggleiten lassen. Danach den anderen. Ganz sicher. Auch der war schön, nur kleiner und relativ nackt.

Diesen Gedanken hatte er vorhin schon einmal gedacht.

Sein letztes Restchen Stolz zerrann zusammen mit dem schmelzenden Schnee zu dreckigen Pfützen.

In seinem Inneren regte es sich. Seine Muskeln zuckten, begannen zu schmerzen, sich zu strecken. Sein Körper wollte menschlich sein, dringend. Es lag an seinem Gehirn. Es hatte zu viel nachgedacht. Das war nie gut. Schon krachte es in seinem Rücken und sein Kopf fühlte sich an, als würde jemand von innen gegen die Schädeldecke drücken.

Jeden Moment lag ein nackter Mann in einem Berliner Hinterhof auf einem Laubhaufen unter einer Bank. Plus Fuchsschwanz und Fellohren.

Er wusste nicht viel von der Menschenwelt doch genug um eine Ahnung zu haben, dass das ganz und gar nicht gut für ihn war.

Die Haustür ging auf. Dieselbe, aus der heute Morgen Theo Hanke gekommen war und mit diesem traurigen Ausdruck in den Augen dem Fahrradmann nachgesehen hatte.

Die alte Frau, die Kouki vor dem Besen gerettet hatte. Über der Blümchenjacke trug sie einen bunten Kittel, auf dem ebenfalls Blümchen waren. Nur in anderen Farben. Sie stopfte eine Mülltüte in den Container, humpelte zu ihm und setzte sich ächzend auf die Bank.

Direkt über ihn.

Kouki hielt den Atem an.

»Bald kommt der Jäger«, sagte sie und es klang kein bisschen danach, als würde sie aus Versehen laut denken. »Romanowski hat mit dem Kerl telefoniert. Ich habe es zufällig mitbekommen. Genau so zufällig habe ich dich heute Morgen in diesen Laubhaufen huschen sehen. Deine Nase guckt übrigens raus.«

Tat sie das?

Kouki zog erschrocken den Kopf zurück.

»Ich könnte kurz die Kellertür aufstehen lassen und in fünf Minuten wieder schließen. Dasselbe kann ich machen, wenn der Jäger wieder weg ist.« Sie stand auf, zog einen Schlüsselbund aus der Kitteltasche. »Es sei denn, du versuchst dein Glück woanders.«

Woanders lebten keine breitschultrigen Männer, die extra für ihn Katzenfutter kauften.

»Also gut.« Sie humpelte zu einer der Außentreppen und verschwand Schritt für Schritt in dem Schacht.

Ohne wieder rauszukommen.

Die Frau war nett. Er musste ihr vertrauen, denn der Jäger wäre gewiss weniger nett.

Kouki schob seinen Kopf aus dem Laub, spähte hin und her, schnupperte sehr gründlich, und huschte zu der Treppe.

Die Tür stand offen.

In ihm regte sich seine menschliche Gestalt mit einer Macht, dass ihm für einen Moment schwindelig wurde. Da unten konnte er ihr gefahrloser nachgeben als hier draußen und käme der Jäger auf die Idee, im Keller nachzusehen, würde er einen nackten Mann, aber keinen Fuchs finden, was schlimm genug, doch nicht tödlich war.

Kouki strich den letzten Gedanken. Den Schwanz konnte er an den Rücken schmiegen, um ihn vor Fremden zu verbergen, doch die Ohren fielen sogar auf, wenn er sie anlegte.

Er hätte das Kleiderproblem lösen sollen.

Die Bruchbude war kaum größer als eine geräumige Hundehütte. Es bestand lediglich aus den zwei Zimmern im Erdgeschoss und einem winzigen Bad plus Schlafkammer unter dem Dach. Das reinste Zwergenhaus. Größer durften die Bewohner damals auch nicht gewesen sein. Beim Entrümpeln hatte Theo mit den Haaren die Spinnweben von den Zimmerdecken gefegt. Inklusive Putzbröckchen und herunterhängenden Tapetenfetzen.

Außerdem wucherte in dem Dach der Schwamm. Andi würde sich bedanken. Bevor er das Dach neu decken ließ, mussten die meisten Balken komplett ausgetauscht werden. Dafür sah der Kachelofen passabel aus. Er nahm zwar von der ohnehin geringen Wohnfläche ein Stück weg, würde an Tagen wie diesen aber für Gemütlichkeit sorgen.

Sollte die Butze jemals fertig werden. Bis jetzt hatte er jedes Mal neue Katastrophen vorgefunden. Wenigstens hatte er es geschafft, eines der beiden Erdgeschosszimmer zu entrümpeln.

In einem Regal hatten stockfleckige Familienfotos gestanden. Vater, Mutter, drei Kinder und ein Hund. Der Klassiker. Auf dem anderen saßen zwei alte Herrschaften mit Häubchen und Zylinder brav nebeneinander auf einem verschnörkelten Sofa und blickten streng in die Kamera. Leicht schimmeliges Sepia mit musterbeschnittenem Rand.

Damals hatte es auch noch einen Kaiser gegeben.

Das Spottgrinsen wollte ihm nicht gelingen.

Es fühlte sich falsch an, Dinge wie Fotos wegzuschmeißen. Wenn es Lotte eines Tages von den Füßen holte, würde er kein einziges ihrer Fotoalben wegwerfen. Nicht einmal das mit den Kinderfotos seiner Mutter. Zwang ihn dann ja niemand mehr, sie anzusehen.

Uroma war topfit. Wer ihn wegen kleinster Vergehen durchs Telefon zog, besaß genug Energie für weitere zehn Jahre.

Hundertunddrei.

Sportlich.

Eher unwahrscheinlich.

Himmel, was für ein Trübsinn ging ihm durch den Kopf? Es lag am Tag. Der hatte schon komisch begonnen. Immerhin hatte er an das Futter gedacht. Die Dosen klapperten in der Einkaufstüte vor sich hin. Zwei für Hunde, zwei für Katzen. Eins von beiden würde der Fuchs schon mögen.

Das Kerlchen war ihm nicht aus dem Kopf gegangen. Bisher war es nicht mehr aufgetaucht, aber bis auf die paar Minuten zwischen seiner Laufrunde und seinem Job war Theo nicht zu Hause gewesen.

Mittlerweile wurde es fast wieder dunkel.

In der Toreinfahrt parkte ein verdreckter Pick-up. Hinter den Scheiben sprang ein Dackel hin und her.

Romanowski hatte die Nummer mit dem Jäger durchgezogen.

Bis auf Kleinkram war die Ladefläche leer. Keine große Plastiktüte, kein blutender Tierkadaver.

Theo atmete auf.

Ein Mann in olivgrünem Parka stand mit Romanowski zusammen vor dem Kellereingang zum Hinterhaus und hörte sich die bis zum Abwinken ausgeschmückte Geschichte mit dem Fuchs an. Romanowskis Worten nach durften sämtliche Hausbewohner dankbar sein, dass sie noch lebten und das hatten sie allein seinem beherzten Eingreifen zu verdanken.

Sie hatten das Füchschen noch nicht aufgespürt. Hoffentlich blieb das so.

Kaum hatte er das Haus betreten, öffnete sich die Tür zur linken Erdgeschosswohnung. »Herr Hanke!«, flüsterte die Jänicke und winkte ihn hektisch näher. »Der Fuchs ist im Keller.« Sie nickte eifrig und zeigte mit ihrem krummen Finger nach unten. »Ich habe mir vorhin ein Einweckglas mit Birnen hochgeholt und da ließ ich wohl aus Versehen die Kellertür offen.«

Warum reckte sie so entschlossen das Kinn?

»Ich bin dann wieder runter, und da habe ich aus dem Kohlenkeller seltsame Geräusche gehört. Ich wollte das

Tierchen rauslassen, aber in diesem Moment tauchte der Mann da auf.« Ihr Finger stach Richtung Ausgang. »Los! Tun Sie was! Sonst ist das arme Tier gleich tot!«

»Und Haus und Keller sind nur mit einem Schlüssel zugänglich?«, drang die Stimme des Forstbeamten zu ihnen. »Keine Ausnahmen? Der Fuchs muss ja irgendwie reingekommen sein.«

Gute Frage.

Jänickes Augen wurden hinter den Brillengläsern riesig. »Die wissen, dass er da unten ist«, wisperte sie erschrocken. »Dabei dachte ich, dort wäre er sicher.«

Moment, hatte sie ...

»Selbstverständlich«, ereiferte sich Romanowski. »Aber vom Treppenhaus aus ist der Keller ebenfalls zugänglich und diese Tür ist nur mit einem Riegel verschlossen.«

»Füchse öffnen keine Riegel«, erklärte der Mann eine Spur gelangweilt. »Einer der Mieter wird die Tür offengelassen haben.«

Frau Jänicke zeigte hektisch nach unten.

Also gut.

Theo stellte die Tüte ab, bevor er den erwähnten Riegel leise zurückschob und ins Dunkle lauschte. Bis auf das Gerede von draußen war nichts zu hören. Er schaltete das Licht an, zog die Tür hinter sich zu und stieg die Treppe hinab.

Der frühere Kohlenkeller war der letzte im Gang und führte nach vorne raus. Auf den ersten Blick war nichts Ungewöhnliches zu erkennen. Das Fenster zum Hof hin war geklappt, darunter türmten sich alte Briketts, jede Menge Staub und schwarze Spinnweben. Bis auf ein ausrangiertes Küchenbuffet, geschätzt aus den Zwanzigerjahren des vergangenen Jahrhunderts, war der Raum leer. Wenn sich das Tier nicht dahinter verkrochen hatte ...

Hatte es nicht.

Aus dem Unterschrank drang ein leises, rhythmisches Klappern. Die kniehohen Türen waren bloß angelehnt. Etwas bewegte sich darin.

Einen Moment lang wurde ihm mulmig.

Öffnet er den Schrank und ein vielleicht doch tollwütiger Fuchs sprang ihm entgegen und biss ihn, hatte er ein Problem. Andererseits konnten die Geräusche auch von Mäusen oder Ratten stammen.

Ebenfalls keine prickelnde Vorstellung.

Ein kleiner Schatten huschte am Kellerfenster hin und her, begann nervtötend zu bellen.

Der Dackel.

Sein Herrchen machte ernst.

Aus dem Schrank drang ein erschrockenes Wimmern.

Moment. Warum kein Jaulen oder Fauchen? Auch ein Knurren wär's gewesen, aber ein Wimmern?

Es hatte erschreckend menschlich geklungen.

Gedanklich hakte er die Liste sämtlicher Kinder ab, die in Vorder-, Hinter- und Seitenhaus wohnten und dämlich genug waren, sich im Keller in einem garantiert spinnenverseuchten Schrank zu verstecken.

Nur Anton kam in Betracht. Der Rotzlöffel von Meiers aus dem Vorderhaus. Wenn der geschmeidig bis drei zählen konnte, war er gut.

»Anton?«

Wimmern und Klappern verstummten.

»Komm raus da.«

Nichts rührte sich.

»Versprochen, ich verrate es deinen Eltern nicht, aber Romanowski glaubt, du wärst ein Fuchs und der Jäger steht auch schon vor der Tür.«

Keine Reaktion.

»Du weißt, was ein Jäger mit einem Fuchs macht, o-der?« Mann, war das fies von ihm. »Der Kerl hat ne Flinte dabei.« Theo biss sich auf die Lippen.

Immer noch nichts.

»Schluss jetzt. Ich habe nicht den ganzen Tag Zeit.« Er öffnete die Klapptüren. »Raus mit dir!«

Ein schlankes Bein zuckte von ihm weg.

Das gehörte nie und nimmer zu Anton, außerdem war es nackt.

Ein nackter Mensch in einem Kellerschrank.

Theo schluckte gegen eine spontane Übelkeit an.

»Sag mir, dass du noch lebst.«

Kein Mucks.

Er schaltete die Taschenlampenapp seines Handys an, während ihm sein Verstand versprach, dass Beine von Leichen nicht wegzuckten.

Post mortem Reflexe. So was gab es.

Seine Hände wurden eiskalt vor Schreck. Bevor er es über sich brachte, in den Schrank zu leuchten, atmete er tief ein und aus.

Alternativen? Einfach wieder nach oben gehen und auf dem Weg die Polizei anrufen?

Später. Jetzt zog er das hier durch.

Auf drei.

Eins, zwei …

Er leuchtete in die Dunkelheit.

Zwei riesige kreisrunde Augen starrten ihn an. Rund und reflektierend wie die eines Tieres.

Unsinn. Vor ihm lag zusammengekrümmt und schlotternd ein Junge und es war nicht Anton oder einer der anderen Blagen, die er kannte.

Splitterfasernackt.

Verdammt.

Wer sich nackt in Kellern versteckte, hatte mit hundertprozentiger Garantie eine üble Geschichte zu erzählen.

»Komm raus da!«, forderte er viel schroffer, als er wollte.

Der Junge schüttelte den Kopf.

»Willst du erfrieren?«

Ein entschlossenes Kopfschütteln antwortete ihm, doch der Junge blieb, wo er war.

Er schämte sich. Was sonst?

»Warte.« Theo zog sich die Jacke aus und legte sie vor den Schrank. »Hier, zieh die an. Ich dreh mich um.«

Der Dackel kläffte immer lauter.

»Aus!«, donnerte der Jäger und das Tier verstummte mit einem kläglichen Winseln.

Hinter Theo raschelte Stoff zwischen dem nach wie vor deutlich hörbaren Zähneklappern.

»Gut, Herr Romanowski. Beginnen wir mit dem Keller.«

Auch das noch.

»Fertig«, sagte der Junge kleinlaut. »Danke für die Jacke.«

Theo drehte sich um.

Ein junger Kerl. Nachdem, was er von dem durch die Kapuze verschatteten Gesicht erkannte, zwischen siebzehn und neunzehn. Schmächtig, eher klein, von der Körperhaltung her moralisch untergraben. Die Jacke reichte ihm bis zu den Knien.

»Geht es dir gut?« Was für eine Frage. »Ich meine im Prinzip.« Auf den ersten Blick schien er nicht verletzt zu sein.

Er zuckte mit den Schultern.

Eine tarantelgroße Spinne krabbelte ihm übers nackte Schienbein.

Ein Souvenir aus dem Schrank.

Der Junge schleuderte sie gelassen von sich.

Respekt.

»Was machst du hier?« Sein Hirn produzierte haufenweise Antworten auf die Frage. Die wenigsten gefielen ihm.

»Mich verstecken«, kam es schüchtern unter der Kapuze hervor. »Ich hatte nichts zum Anziehen und wollte mich nicht nackt erwischen lassen.«

»Kann ich verstehen, aber warum bist du nackt?« Im Zweifel war das die falsche Frage.

»Ist kompliziert.«

Ja, das waren solche Dinge immer.

»Bist du von zu Hause ausgerissen?«

Diese großen, ausdrucksstarken Augen sahen ihn eine Weile an, bevor sich die Lider senkten. »Nicht direkt.«

»Und indirekt?« Ein Junge von der Straße? Oder er hatte sich auf einer Party das Falsche eingeworfen. So was erklärte das meiste Unerklärbare. Zum Beispiel nackt in einem Kellerschrank zu liegen.

»Ich bin rausgeworfen worden.« Das spitze Kinn hob sich trotzig. »Das war unfair und nicht meine Schuld.«

In Theos Bauch regte sich alte Wut. Bei ihm war es oft seine Schuld gewesen, aber seiner Mutter hätte trotzdem etwas Besseres einfallen können.

»Ist es okay für dich, wenn du mit mir nach oben gehst? Ich suche dir was zum Anziehen raus, und während wir beide einen Kaffee schlürfen, erzählst du mir, was vorgefallen ist.« Es ging ihn nichts an. Der Junge hatte seine Gründe und warum sollte er sie einem Fremden anvertrauen? Nur, weil der ihn aus einem Schrank gezogen hatte? Trotzdem, er brauchte Hilfe, Kleidung und wahrscheinlich auch etwas zu essen, so dünn wie er war.

Der Fuchs war ebenfalls dünn gewesen.

Verrückter Vergleich.

»Die Jänicke dachte, du wärst ein Fuchs.« Er lachte, schon um die Worte freiwillig ins Lächerliche zu ziehen. »Sie ist sicher, der Kerl vor dem Fenster wäre wegen dir da.« Er zeigte hinter sich, doch da waren weder Hosenbeine noch ein herumspringender Dackel.

Die Außentür zum Keller wurde aufgeschlossen.

Er hatte einen Fehler begangen. Die Erkenntnis traf ihn wie ein Schlag. Keine Erklärung der Welt konnte ihn vor Romanowskis Augen in einem guten Licht dastehen lassen. Der Junge war halb nackt und trug zu allem Überfluss ausgerechnet seine Jacke.

Und nichts darunter.

Sie hätten sich längst verdrücken müssen.

»Leise«, flüsterte Theo, nahm die kalte Hand des Jungen und rannte mit ihm den Gang zurück zur Treppe.

»Hallo?«, rief Romanowski, kaum dass sie die Tür zum Treppenhaus hinter sich hatten. »Wer ist da?«

Theo schob den zum Glück nur ein bisschen quietschenden Riegel vor.

Frau Jänicke starrte ihnen entgegen, schlug in Zeitlupe die Hand vor den Mund. Im selben Augenblick erklangen schwere Tritte auf der Kellertreppe.

Theo legte den Finger auf die Lippen.

Frau Jänicke nickte und verschwand in ihrer Wohnung.

Theo schnappte sich die Einkaufstüte und rannte mit dem Jungen hoch in den vierten Stock.

Verdammte Scheiße, hier lief ein falscher Film und er steckte mittendrin. Hatte er sich nicht vorgenommen, es nie wieder so weit kommen zu lassen? Situationen wie diese gingen nie gut für ihn aus.

Im Falschen Moment am falschen Ort mit falschen Leuten.

Ganz mies.

Von unten klappte die Kellertür.

Plötzlich blieb der Junge wie angewurzelt stehen, starrte mit schreckensweiten Augen auf Hakus Wohnungstür. Mit einem leisen, wimmernden Laut floh er hinter Theos Rücken.

Haku?

»Kennst du den Mann, der da wohnt?«, flüsterte er und versuchte, den Jungen wieder nach vorn zu ziehen.

Der nickte panisch.

»Sollen wir oben nachsehen?«, klang Romanowskis übermotivierte Stimme zu ihnen herauf. »Da ist jemand hochgelaufen.«

»Ja, ein Mensch«, sagte der Jäger gänzlich unmotiviert. »Entweder haben Sie mir einen Bären aufgebunden, oder der Fuchs ist längst über alle Berge.«

»Ich sehe trotzdem nach. Da stimmt etwas nicht.«

Zum zigsten Mal wünschte er den Hausmeister zum Teufel.

Mit fliegenden Fingern angelte Theo nach dem Schlüssel, schloss auf und schob den Jungen vor sich her in die Wohnung. Erst, als er hinter sich abgeschlossen hatte, atmete er auf.

»Das ist knapp gut gegangen.« Himmel, zitterten ihm die Beine. »Ich will jetzt wissen, weshalb du im Keller warst und dich drei Leute für einen Fuchs hielten.« Wobei er sich bei dem Jäger nicht sicher war. Bei der Jänicke und Romanowski schon.

»Du wohnst neben Haku?« Der Junge starrte ihn fassungslos an.

»Allerdings.« Er hängte den Schlüssel an den Haken, ließ die Einkaufstüte aus den Fingern rutschen. »Sag bloß, du hast dich wegen dem im Keller versteckt.« Haku traute er eine Menge zu.

Auch einen nackten, verängstigten Jungen?

Der schlang zitternd die Arme um den Oberkörper. »Er darf mich hier nicht finden.«

Das war doch ein Scherz!

»Er hat mir verboten, seinem Refugium nahezukommen.«

»Refugium?« Wer sagte denn so was? »Und was passiert, wenn du es trotzdem tust?«

Der Junge zog die Schultern zu den Ohren. »Dann tötet er mich.«

»Du verarschst mich.« Er wollte lachen.

Ein tieftrauriger Blick hinderte ihn daran.

Für einen Moment sah er rot. Er musste sich zusammenreißen, um nicht die Fäuste zu ballen.

Der Dreckswichser von …

Plötzlich hob der Junge den Kopf, schnupperte. Langsam tappte er barfuß, wie er war, durch den Flur bis in die Küche. Vor dem Tisch mit Uromas Päckchen blieb er wie angewurzelt stehen. Seine Hand zuckte nach vorn, als wollte sie danach greifen, doch er stopfte sie in die Jackentasche.

Der Fuchs war nicht der einzige hungrige Streuner.

»Setz dich.« Theo schob ihm einen Stuhl hin. Bevor er die Polizei einschaltete, musste der Junge etwas essen. Schon um die Nerven zu beruhigen. »Hast du auch einen Namen?« Nebenbei riss er das Päckchen auf.

»Natürlich.«

Aus dem Dunklen der Kapuze hervor, leuchteten ihm bernsteinfarbene Augen entgegen.

So schön. So ausdrucksstark, so ganz und gar ungewöhnlich.

»Ich bin Kouki.«

»Kouki?« Er hatte schon eine Menge seltsamer Namen gehört, doch der war ihm neu. »Japanisch?« Das würde zu der schlanken Statur und dem leichten Bronzeton der Haut passen.

Und zu Haku.

In seinem Bauch ballte sich etwas zusammen, das er auf keinen Fall rauslassen durfte.

»Wir sind alle japanisch.« Kouki lächelte scheu. »Also nicht du oder der Mann mit dem Besen oder die Frau mit der Blümchenstrickjacke, aber wir Henge… « Er biss sich auf die Lippen.

»Ja?«

»Ich kann es nicht verraten.« Er zuckte mit den schmalen Schultern, die irgendwo tief in Theos Jacke steckten und sie nicht ansatzweise ausfüllten. »Ich darf mit einem wie dir nicht darüber reden. Bitte entschuldige.« Es klang kein Stück arrogant. Eher bedauernd.

Theo lächelte über finstere Ahnungen hinweg. Hoffentlich blieben sie das und wurden keine Tatsachen.

»Kein Problem«, heuchelte er Verständnis, wo keins war. »Lust auf einen Deal?« Er öffnete die runde Blechdose mit dem Nussknackermotiv und schob sie Kouki hin. »Die sind von meiner Uroma und sehr lecker. Wenn du mir erzählst, was dich da unten in den Schrank getrieben hat, darfst du sie essen.«

Kouki leckte sich über die Lippen, schluckte.

Seltsam, der Anblick fühlte sich wie ein Déjà-vu an, dabei hatte er Kouki nie zuvor gesehen.

»Das warst du«, sagte er, während sich seine Finger der Dose näherten. »Bevor ich dich auf der Treppe hörte, habe ich auf den Kohlen gesessen und gewartet, dass die beiden Männer vor dem Fenster endlich weggehen.« Sein Blick schweifte zu den Zimtsternen und blieb dort kleben.

»Greif zu.« Er hätte die Frage besser formulieren sollen, aber Deal war Deal.

Kouki pickte sich ein Plätzchen aus der Dose und schnupperte daran, bevor er es mit einem aus tiefstem Herzen kommendem Seufzen in den Mund schob.

»Schmeckt's?«

Kouki nickte kauend.

Was immer ihm der Bastard angetan hatte, der Junge steckte es erstaunlich locker weg. Vielleicht war auch der Hunger sein vorrangiges Problem und der Rest würde sich erst melden, sobald der gestillt war.

Wenn sich ein sehr junger, auf schmächtige Weise attraktiver Mann wie Kouki nackt in einem Keller vor einem sehr viel älteren und unheimlichen Kerl versteckte, war das ein Grund, sämtliche Alarmglocken schrillen zu lassen.

Während er überlegte, wie er das Thema behutsam zur Sprache bringen konnte und ob er überhaupt die richtige Adresse dafür war, vertilgte Kouki ein Plätzchen nach dem anderen. Trotzdem wirkte er nicht gierig. Er futterte so manierlich, dass es Spaß machte, ihm dabei zuzusehen.

Theo setzte sich, beobachtete ihn, ohne dass sich Kouki davon stören ließ.

Vielleicht war alles harmloser, als es schien. Es war typisch für ihn, vom Worst Case auszugehen. Der hatte sich in seinem Leben zu oft bewahrheitet. Er konnte nicht anders, als sich um den Jungen Sorgen zu machen.

Waren sie unbegründet? Eine Anhäufung schräger Zufälle, die sich nach ein paar klaren Worten als Missverständnis herausstellten?

Kouki hatte angstvoll auf Hakus Tür gestarrt. Hatte sich sogar hinter seinem Rücken versteckt.

Bevor Theo begonnen hatte, körperlich in Form zu kommen, waren die Rücken breitgebauter Kumpel oft seine Zuflucht gewesen. Die gutmütigen von ihnen hatten ihn mit einem spöttischen Grinsen gewähren lassen, die genervten hatten ihn vorgezogen und ihm ein paar Takte zum Thema Feigheit um die Ohren geschlagen.

Hilflosigkeit und physische Schwäche hatten nichts mit Feigheit zu tun. Das war ihm erst später klar geworden, als sich die Hänflinge hinter seinem Rücken versteckten.

So wie Kouki.

»Woher kennst du Haku?« So oder so, das Thema war ran.

Kouki schluckte und wischte sich die Krümel von den Lippen, bevor er zu sprechen ansetzte. »Er hat mich zu sich befohlen.«

Befehle. Noch etwas, das ihn gegen den Strich bürstete.

»Das ist in meiner Welt kein großes Ding und passiert oft.« Das flüchtige Grinsen war zu niedlich für die Situation. »Magier sind stinkfaul, weißt du? Die brauchen für jeden Handgriff einen, der springt, wenn sie schnippen. Mich hätte es nicht gestört, wenn er im Gegenzug zärtlicher gewesen wäre.«

Die beiden hatten eine Beziehung geführt?

Theo schauderte es.

»Aber Haku wollte immer nur das eine. Geh …« Er hielt inne, sah sich erschrocken um. »Jemand ist an deiner Tür.«

»Woher willst du …«

Das Schrillen der Klingel ließ sie beide zusammenzucken.

»Haku?«, fragte Kouki ängstlich.

»Eher Romanowski.« Egal was der Kerl ihn fragen würde, Theo brauchte passende und abschmetternde Antworten. »Du bleibst hier, verstanden?«

Kouki nickte brav.

Und wenn es tatsächlich Haku war? Dann würde er ihm wenigstens verbal etwas Passendes um die Ohren schlagen.

Auf dem Weg zur Tür ballten sich seine Fäuste.

Theo schüttelte sie aus. Er hatte sich das Versprechen gegeben, sie nicht mehr zu benutzen. Außer in Notfällen und ob das hier einer wurde, stand noch nicht fest.

»Und wenn es der Jäger ist?«, wisperte es viel zu laut aus der Küche, um vor der Wohnungstür nicht gehört zu werden. »Oder der Besenmann?«

Welcher Besenmann?

Kouki sah ängstlich am Türrahmen vorbei. »Den darfst du auch nicht reinlassen!«

»Nur die freundlichen Herren mit den Hausdurchsuchungsbefehlen dürfen ungebeten Wohnungen stürmen.« Damit kannte er sich aus. »Wer es auch ist, ich lasse ihn nicht rein.« Mit einer knappen Geste scheuchte er Kouki zurück in die Küche.

Theo straffte die Schultern, bevor er öffnete.

Haku. Kerzengerade mit regloser Miene, die Hände samt Unterarmen hinter dem Rücken.

Theos Herz pochte ihm vor Wut im Hals.

»Herr Hanke.« Der Mistkerl verneigte sich höflich. »Darf ich einen Augenblick mit Kouki sprechen?«

»Nein.« Keine Sekunde würde er ihn mit dem Jungen allein lassen.

»Sie missverstehen die Situation, fürchte ich.«

Oh dieser gelackte, fusselbärtige Bastard!

»Ich missverstehe gar nichts!« Er trat vor die Tür, drängte damit Haku zurück. »Ich will wissen, was Sie ihm angetan haben.« Hinter sich zog er die Tür weit genug ran, und senkte mühsam die Stimme. Viel lieber hätte er den Kerl angebrüllt, aber für Kouki war es besser, wenn er von diesem Gespräch so wenig wie möglich mitbekam. »Warum versteckt er sich vor Ihnen? Noch dazu nackt!«

»Er ist mein Diener«, sagte der Japaner, als wäre das in einem heruntergekommenen Berliner Hinterhaus völlig normal. »Allein zu diesem Zweck rief ich ihn zu mir und ließ ihn bei mir wohnen. Allerdings hat er mich grob enttäuscht und ich sah mich gezwungen, ihn rauszuwerfen.«

»Ohne seine Kleidung?«

»Er besitzt nichts.« Er wagte es zu lächeln. »Also habe ich ihm auch nichts vorenthalten.«

»Draußen schneit's!« Jeder besaß was zum Anziehen. Sogar die Penner. Jemanden rauszuschmeißen und ihn nackt der Kälte zu überlassen war Körperverletzung.

»Die Beziehung eines Dienstherren wie mir und einem Lakaien wie ihm ist speziell.«

Lakai?

»Sollten Sie sich entschließen, ihn zu behalten und seine Dienste für sich zu beanspruchen, hier ein Wort der Warnung: Kouki ist faul, ungehorsam, diebisch und folgt allein dem Ruf seiner triebhaften Natur, statt dem seines Herrn.«

Seines Herrn. Klar. »Mir ist egal, was für Spielchen Sie mit ihm getrieben haben.« Nein, war es ihm nicht. Sonst würde ihm das Herz nicht wie ein Vorschlaghammer gegen die Rippen schlagen. »Ganz offensichtlich haben sie ihm nicht gefallen und so weit ich informiert bin, gelten solche … Dinge, nur unter gegenseitigem Einvernehmen.« Sollte Kouki es erteilt haben? Manche Jungs waren erschreckend naiv.

Haku hob die schlohweißen Brauen. »Von einvernehmlich kann keine Rede sein.«

Ganz ruhig. Es brachte ihm nichts als Ärger ein, wenn er auf dieses spitze Kinn schlug.

Theo atmete tief ein und aus. Kontrolle. Das war das Zauberwort.

»Sie geben zu, dass Sie ihn gezwungen haben?« Für einen Moment fühlte sich sein Hirn leer an.

»Selbstverständlich«, erwiderte Haku grauenvoll gelassen. »Kouki befand sich nie in der Position, seine Meinung äußern zu dürfen. Nicht, dass er es nicht ständig getan hätte. Endlose Male belehrte ich ihn, dass dies einem wie ihm nicht zusteht.«

Gleich platze ihm der Kragen.

»Sind Sie sein neuer Herr?«, fragte der Mistkerl und klang dabei ernsthaft interessiert.

Theo presste ein Lachen zwischen den zusammengebissenen Zähnen hervor. »Ganz gewiss nicht.« Er hatte seine Freiheit lange genug eingebüßt, um zu wissen, wie wichtig sie war. Er würde sie niemals einem fühlenden Wesen nehmen. Schon gar nicht wegen irgendwelcher Sexspielchen.

»Dann gehört er Ihnen nicht?«, hakte der Japaner nach. »Er hat Sie nicht darum gebeten, Ihnen dienen zu dürfen?«

»Nein, verdammt!« Wozu auch? Es gab in Theos Leben nichts zu dienen. Was erledigt werden musste, erledigte er selbst.

Die trotz des Alters relativ glatte Stirn runzelte sich. »In diesem Fall hätte er niemals bei Ihnen Unterschlupf suchen dürfen. Ihr Schutz steht ihm nicht zu und Kouki ist nicht befugt, sich Ihnen außerhalb der ihm auferlegten Regeln anzuvertrauen. Das verstößt gegen die Gesetze unserer Gemeinschaft.«

»Auf die scheiße ich!« Verdammt, er sah rot. »Wenn ich jetzt da reingehe und auch nur eine einzige Schramme an seinem Körper finde, hetze ich Ihnen die Bullen auf den Hals, das ist ein Versprechen!«

»Eine Schramme?«

Unfassbar, wie locker dieser menschliche Abschaum blieb.

»Es dürften zahlreiche sein. Erst gestern Nacht sah ich mich gezwungen, ihn zu verprügeln, wie die meisten Tage und Nächte zuvor.«

»Okay, es reicht.« Seine Finger schlossen sich um den blütenweißen Kragen des Mistsacks. »Rein in Ihre Wohnung und da bleiben Sie, bis die Polizei kommt.« In seinen Ohren rauschte es.

»Sie missverstehen mich nach wie vor.« Der Kerl unternahm keinerlei Anstalten, sich aus Theos Griff zu befreien. »Aufgrund der von Kouki verursachten, ausgesprochen misslichen Situation bin ich gezwungen, Konsequenzen zu ergreifen.«

Erschreckend, sich selbst beim Knurren zuzuhören. Theo konnte es nicht ändern. In seinen Gedanken spielte sich ein Film ab, an dessen Ende Haku grün und blaugeschlagen vor ihm lag.

»Solange Sie nicht sein Herr sind, liegt Koukis Leben in meiner Hand. Sollte ich bemerken, dass er unsere Gemeinschaft verrät, werde ich es ihm nehmen.«

»Wie meinen Sie das, Sie werden es ihm nehmen?« Das Rauschen in seinen Ohren wurde immer lauter. Hatte Haku eben eine Morddrohung ausgesprochen?

»Herr Hanke. Vermutlich sind Sie ein kluger Mann. Sie wissen, wie ich es gemeint habe, doch das spielt in wenigen Augenblicken keine Rolle mehr.«

»Sie elender …« Er schleuderte Haku mit dem Rücken an die Wand, rammte ihm den Unterarm gegen die Kehle. »Krümmen Sie Kouki ein Haar und …«

Hinter seiner Wohnungstür wimmerte es. Der lang gezogene Ton ging nahtlos in ein Jaulen über. Es klang so kläglich und verzweifelt, dass sich Theos Herz zusammenzog.

»Seine Haare interessieren mich nicht«, presste Haku hervor. »Wenn es so weit ist, werde ich ihm das Kreuz brechen. Mit einem einzigen, gezielten Schlag.« Er wischte mit der Hand lässig durch die Luft.

Im selben Augenblick flog die Tür auf. Etwas Rostrotes schoss an ihnen vorbei die Treppe hinab.

Der Fuchs.

In seiner Wohnung?

Wie zum Teufel ...

Haku wiederholte die Geste.

Eine Sekunde später schlug die Haustür zu.

»Und jetzt vergessen Sie den lästigen Vorfall, Herr Hanke.«

Diese stechenden, schwarzen Augen. Sie wurden immer größer, verdrängten alles andere. Riesige Seen, bodenlos tief.

Theo wurde schwindelig.

Das Geheimnis des
verschwundenen Abends

Die Tapete fiel fetzenweise von den Wänden. Es lag an dem entsetzlich kalten Wind, der plötzlich durchs Treppenhaus fegte. Ein Fenster musste offenstehen, vielleicht auch die Haustür.

Das war nicht möglich, selbst ohne Dach ließ sich dieser Sturm nicht erklären. Theo konnte sich kaum noch auf den Beinen halten. Er musste sich an den Türrahmen klammern, um nicht wegzufliegen.

Irgendwo klirrte Eis. Unmöglich, so kalt war es nicht. Die Fenster im Treppenhaus waren beschlagen, nicht zugefroren.

Was zum Teufel passierte hier?

Haku stand gelassen vor ihm. Die weißen Haare flatterten ihm um das wie aus Stein gemeißelte Gesicht. Nicht die kleinste Regung war darin zu erkennen. Er hob die Hände, spreizte die dünnen, langen Finger und stieß seltsame Laute zwischen den Lippen hervor.

Sie klangen entsetzlich. Theos Herz zuckte unter ihnen zusammen.

Plötzlich raste der Kerl auf ihn zu, packte ihn am Kragen und zerrte ihn zu sich. Das Gefühl, von oben bis unten mit Eis gefüllt zu werden.

Theo schnappte nach Luft. Es war ersticken, kein atmen.

Er würde sterben. Jeden Moment.

Ein Stoß in den Rücken, er verlor das Gleichgewicht, stürzte die Treppe hinab. Poltern ohne Schmerzen. Immer tiefer. Auf dem letzten Absatz fing er sich.

Was wollte Romanowski mit dem Besen? Er fuchtelte damit in der Luft herum, brüllte Frau Jänicke an, sie solle das Forstamt anrufen.

In der Ecke unter den Briefkästen kauerte ein Fuchs.

Romanowski holte aus, ließ den Besen wieder und wieder auf den schmalen, sich krümmenden Rücken sausen. Das Tier jaulte kläglich auf, duckte sich unter den Schlägen, die immer schneller herab prasselten.

Er musste ihm helfen!

Theo rannte die letzten Stufen hinunter. Noch bevor er Romanowski erreichte, flog die Haustür auf und ein Mann mit Flinte stürmte ins Treppenhaus. Ohne ein Wort zu sagen legte er auf den Fuchs an, aber der war weg. Stattdessen drängte sich ein Junge an die Wand. Die wunderschönen, bernsteinfarbenen Augen vor Angst weit aufgerissen.

Es knallte. So laut, dass es in Theo bröckelte.

»Scheiße!« Er fuhr hoch. Sein Herz raste. In der Dunkelheit seines Zimmers leuchtete ihm der Handywecker entgegen.

Verdammtes Ding! Er schaltete es mit zitternden Fingern ab.

Was für ein beschissener Traum.

Die Angst vor Haku donnerte ihm immer noch durch den Körper. Ebenso wie die Wut auf Romanowski. Wie sollte er den beiden je wieder gelassen in die Augen sehen? Vor dem einen wollte er sich verkriechen, dem anderen wollte er die Nase einschlagen und der Jäger …

Besser er dachte nicht darüber nach.

Er fuhr sich durch die Haare. Sie waren nass vor Schweiß.

Irgendwo hinter seiner kalten, schmerzenden Stirn verkroch sich die Erinnerung an eine Traumszene, die wichtig war. Sie handelte von dem Jungen und er musste sich daran erinnern, sonst würde etwas Schreckliches geschehen.

Einen scheiß würde es.

Er ließ die Hände sinken.

Es war nur ein Traum, verdammt!

Die Erkenntnis war seinem Herz egal. Es schlug wie wild und es fühlte sich nach echter Angst an.

Der Junge war hübsch gewesen. Vielleicht ein bisschen spack, aber Augen, so groß und rund und bittend, dass es ihm jetzt noch seltsam wurde.

Er war ihm bekannt vorgekommen. Woher?

Der Versuch, sich zu erinnern, scheiterte. Sein Kopf war blockiert von der Tatsache, dass der Jäger ihn vor seinen Augen erschossen hatte. Keine Chance auf Flucht. Nicht für den Fuchs, nicht für den Jungen.

In einem Hausflur in die Ecke gedrängt zu werden und dann ...

Scheiß auf den Hausflur. Jede Ecke, in die man gedrängt wurde, war die Hölle.

Zu viele falsche Gedanken. Sie stürmten ihn alle auf einmal.

Ihm wurde flau. Er schlang die Arme um sich, stellte sich vor, sie würden dasselbe bei dem Jungen machen. Ihn halten, ihn beschützen, ihm freundliche Worte in die verstrubbelten Haare flüstern und ihm versprechen, dass alles gut würde.

Wie oft hatte er sich das gewünscht. Dass in einer der vielen beschissenen Situationen seines Lebens jemand da gewesen wäre, der ihn gehalten hätte. Vielleicht auch ein bisschen geschunkelt. Das Gefühl, nicht mehr allein mit all dem stinkenden Mist zu sein, den man sich eingebrockt hatte, oder den andere auf einen abgeladen hatten. Keine Vorwürfe, keine Sätze wie: Du bist selbst schuld und jetzt löffle die Suppe gefälligst aus. Du hättest stärker, schneller, cleverer, brutaler, besser sein müssen. Dann wäre dir all das nicht passiert.

Schlimme Dinge geschahen. Es spielte keine Rolle warum. Aber danach allein mit ihnen zu sein, war ein Albtraum.

Und der zog sich durchs gesamte Leben.

Theo ließ die Arme sinken, wischte sich übers nasse Gesicht.

Wow. Der Traum hatte seine Mauern gründlich eingerissen, wenn er deshalb heulend im Bett saß. Er hatte das letzte Mal geweint, als …

Egal. Das hier war kein guter Start in den Tag. Ganz und gar nicht. Er musste diese Gedanken loswerden, und zwar schnell.

Er traute sich unter den beiden Decken hervor, öffnete das Fenster und inhalierte die kalte Winterluft, bevor er sich schlotternd einen Pullover überzog, um frostfrei das Badezimmer zu erreichen.

Dieser unfähige Hausmeister. Irgendwann würde er den Kerl …

Er stolperte, fing sich im letzten Moment.

Seine Jacke lag auf dem Boden. Mitten im Flur. Sie musste vom Garderobenhaken gerutscht sein.

Er hob sie auf, tappte weiter ins Bad.

Himmel noch mal, sah er fertig aus. Alles nur wegen dieses Albtraumes?

Blass, krank, Schatten wie Balken unter den Augen und verquollen war er außerdem.

Wann war er gestern Abend ins Bett gekommen?

Eindeutig zu spät, aber warum?

Er war nicht feiern gegangen, konnte sich an keinen Film erinnern und die Überlegung, auf diversen Pornoseiten versumpft zu sein, weckte keinerlei Echo. Weder in seinem Kopf noch in seinem Schritt.

Ein schwarzes Loch, randvoll mit gähnender Leere.

Der Traum war schuld. Er hatte ihn aus der Bahn geworfen. Nach dem Duschen ging es ihm hoffentlich besser.

Standardhandgriffe. Er bekam sie kaum mit. Plötzlich stand er wieder vor dem Spiegel und sah genau so schlimm aus wie vorher.

Theo fuhr sich übers kratzige Kinn. »Junge, wenn ich es nicht besser wüsste, würde ich behaupten, du hättest dich sauber abgeschossen.« Vielleicht machte ihn eine Rasur zum Menschen.

Lustlos schmierte er sich Schaum auf die Wangen.

Was war gestern geschehen? Es konnte ihm unmöglich der gesamte Tag fehlen.

Er hatte sich um die Butze gekümmert, die Andi größenwahnsinnig Projekt Nummer fünf nannte, war danach einkaufen gegangen und als er nach Hause gekommen war, hatte der Pick-up in der Einfahrt gestanden.

Bahnenweise erschien Rosa zwischen dem Weiß.

Frau Jänicke hatte ihn in den Keller geschickt. Er sollte nach dem Fuchs sehen, bevor der Jäger auf die Idee kam.

Und dann?

Seine Hand stoppte mitten in der Bewegung.

War er in den Keller gegangen? Ihm kam es so vor, aber sicher war er sich nicht. Hatte er den Fuchs gefunden?

Der Jäger hatte ihn erschossen. Im Hausflur.

Nein, nicht den Fuchs. Den Jungen.

Theo wurde schwindelig.

Verfluchter Traum.

Er atmete ein paar Mal tief ein und aus, bevor er sich zu Ende rasieren konnte.

Schaumflocken trudelten durchs Waschbecken, verschwanden im Siphon. Theo sah ihnen dabei zu, wurde das Gefühl nicht los, dass seinen Gedanken dasselbe passierte.

Stopp. Mies drauf zu sein war das eine, am Verstand zu zweifeln etwas ganz anderes. Er würde sich jetzt einen Kaffee kochen, den Traum vergessen und sich dafür an den Abend erinnern.

Zitternd ins Schlafzimmer, sich in Windeseile anziehen, Fenster schließen und ab in die Küche. Auf dem Tisch lag das zerfledderte Päckchen. Die bunte Dose stand offen inmitten des zerrissenen Packpapiers und war höchstens noch halb voll.

Offenbar war er gestern einem Süß-Jieper erlegen. Ungewöhnlich. Abends aß er lieber deftig.

Ein Nachtisch?

Nach was? Keine leere Pizzapappe, keine nach Zwiebeln und Knoblauchsoße riechende Alufolie im Plastikmüll und im Kühlschrank sah es überschaubar dürftig aus, aber nicht danach, als ob etwas fehlen würde, was gestern Morgen noch da gewesen war.

Sein Abendessen hatte aus Uromas Keksen bestanden. Kein Wunder, dass er komisch geträumt hatte. Lotte war alt. Sollte sie aus Versehen etwas in den Teig gemischt haben, was da nicht reingehörte? Irgendeines ihrer vielen Pülverchen gegen Verkalkung und Gelenkschmerzen oder weiß der Teufel was? Zuzutrauen wäre es ihr, zumal ihre Augen nicht mehr die besten waren. Sie beklagte sich oft genug deswegen.

Oder sollte sie etwa …

Nein, die Zeiten waren vorbei.

Und wenn nicht?

Theo nahm einen der Zuckerguss-Sterne und schnupperte daran. Er duftete ausgesprochen lecker aber nicht anders als erwartet, was absolut nichts zu bedeuten hatte. Besser, er fragte konkret nach.

Lotte meldete sich trotz der frühen Stunde sofort.

»Guten Morgen«, brüllte sie ungebremst ins Mikro. »Hast du mein Päckchen endlich bekommen?«

»Ja, hab ich.« Theo hielt das Handy einen halben Meter von sich weg und wartete, bis das Piepen in seinem Ohr nachließ. »Hast du irgendetwas Komisches in den Zimtsternen verbacken?«, kam er grußlos zum Punkt. »Ich glaube, die haben mich ausgeknockt.«

»Was haben die?«

»Mich ausgeknockt!« Himmel! »Ich habe die halbe Dose leergefuttert und kann mich an nichts mehr erinnern.«

»Junge«, sagte sie streng. »Hast du was geraucht?«

»Nein, verdammt!« Er hatte gar nichts zum Rauchen da. »Deswegen frage ich ja.«

»Hör mal.« Sie atmete zischend ein. »Unterstellst du deiner siebenundachtzigjährigen Oma, dass sie ihrem Enkel Haschplätzchen bäckt?«

»Nein, aber meiner dreiundneunzigjährigen Uroma.« Oma zählte längst die Radieschen von unten, was sie nicht dem Hasch, sondern ihrer Vorliebe für Hochprozentiges verdankte.

»Moment.« Aus dem Off schlurften leiser werdende Schritte.

Theo wartet.

Und wartete.

Und …

Das Schlurfen wurde wieder lauter.

»Nein, alles noch da.« Sie klang verdächtig erleichtert.

»Was ist noch da?«

»Herr Izmir war so freundlich …« Sie räusperte sich. »Spielt keine Rolle, jedenfalls habe ich in den Plätzchen kein Gra…«, wieder dieses für sie völlig untypische Räuspern, »… kein Hasch verbacken. Wie sollte ich auch?«, ereiferte sie sich, was noch untypischer für sie war. »Ich besitze so was seit Jahren nicht mehr.«

»Seit wann rauchst du wieder?« Ein Schuss ins Blaue.

»Seit April, als mich Herr Izmir …« Sie verstummte.

Treffer versenkt.

»Auf seinem oder deinem Balkon?«

»Auf seinem«, gab sie zerknirscht zu. »Der liegt nach hinten zum Bahndamm raus. Da guckt kein Mensch hin, und wenn ist der Zug schnell genug vorbeigebraust, um nur was Grünes zu erkennen. Schätzungsweise Tomatenpflanzen.« Ihr tiefes Seufzen klang nach Genervtsein, nicht nach Reue. »Seit wann muss ich mich vor dir Jungspund rechtfertigen? Das sind alles gesundheitsfördernde Maßnahmen, die ich aus eigener Tasche zahle, weil meine Krankenkasse genau so wenig von ihrem Job versteht wie mein Hausarzt. Nicht einmal eine Kur will mir der Knauser genehmigen, dabei wollte ich in meinem Leben noch mal die polnischen Ostseebäder sehen.«

Zum ersten Mal wünschte er sich, mehr zu verdienen. Er hätte ihr zu Weihnachten so gern ein Wochenende in Swinemünde geschenkt.

»Sonst noch was?«, fragte sie barsch. »Oder ist endlich Schluss mit dem Verhör?«

»Pass auf dich auf, Lotte.«

»Sagt der, der sich mit Haschkeksen wegschießt.«

Er beendete das Gespräch, starrte auf die Keksdose vor sich.

Sie weigerte sich, das Geheimnis des verschwundenen Abends zu verraten.

Er sollte eine Runde laufen gehen. Laufen half immer.

Seine Hände hörten nicht auf zu zittern. Kouki setzte sich drauf. Sie gaben Ruhe, dafür schlugen seine Zähne aufeinander.

Kälte. Ja, die auch. Aber vor allem Angst.

Theo hatte Haku herausgefordert. Wegen ihm. Er hatte den großen Magier bedroht, um Koukis kleines, belangloses Leben zu retten. Dabei hatte Haku vom ersten bis zum letzten Wort die Wahrheit gesagt. Er, und nur er allein hielt es in der Hand und all das, was Theo für Kouki eingefordert hatte, sich entscheiden zu können, mit Dingen einverstanden zu sein oder sie abzulehnen, waren an ihn verschwendet.

Kein Hilfsgeist ohne Herrn. Auch wenn er ihn hasste. Niemand durfte von den Mächten jenseits des Seidenvorhangs erfahren.

Hakus Worte waren eindeutig gewesen. Warum hatte Theo nicht zugehört? Woher hatte er den Mut genommen, Haku herauszufordern?

Er musste ebenfalls ein Magier sein. Ganz bestimmt.

Niemand war stärker und mächtiger als Haku.

Theo war tot. Es konnte gar nicht anders sein. Tot und zerschmettert. Früher oder später würde ihn der Besenmann finden und denken, es wäre eine riesige Puppe. Weggeworfen in eine Ecke, mit verrenkten Armen und Beinen, ausgestochenen Augen und eingedrücktem Gesicht.

Kouki blieb vor Schreck die Luft weg.

Hakus Kraft war gewaltig und sein gekränkter Stolz wandelte sich immer in Wut. Er war ein Magier. Magier tickten so. Jemand kam ihnen dumm und sie packten das gesamte Arsenal ihres Könnens aus, bevor derjenige auch nur die Chance bekam, sich zu entschuldigen.

So ein mutiger, dummer, leichtsinniger Theo!

Kouki zog die Nase hoch.

Haku dachte, er hätte sich seinem neuen Herrn offenbart, dabei war Theo nicht sein Herr gewesen. Nicht eine einzige, kostbare Sekunde lang.

Er hätte sich nichts sehnlicher gewünscht.

Aus seinen Augen liefen die Tränen immer schneller.

Theo Hanke wäre der wunderbarste Herr aller Zeiten gewesen. Er hätte ihn bestimmt nie hungern lassen, hätte ihn nie geschlagen, nie aus dem Bett getreten, wenn er nachts, krank vor Einsamkeit, unter die Decke gekrochen wäre.

Er hätte ihn fragen sollen. Noch bevor er sich die Plätzchen in den Mund gestopft hatte. Ehrfurchtsvoll und demütig auf die Knie sinken, Theos Hand nehmen und die Stirn daran schmiegen.

Bitte, mächtiger Magier Theo Hanke, nimm meine Dienste an und sei mein neuer Herr.

Alles wäre gut gewesen. Er hätte sich ihm offenbaren und ihn offiziell vor Haku warnen können.

Haku hätte ihn dennoch nicht freigegeben. Schon aus Bosheit oder um ihn für seinen Ungehorsam zu strafen.

Theo hätte in jedem Fall um ihn kämpfen müssen.

Als ob ein kluger, starker, gut aussehender Mann wie er sein Leben für einen jämmerlichen Kitsune riskieren würde. Jeder wusste, dass diese Art nicht als Hilfsgeist taugte.

Vielleicht hätte es Theo dennoch getan. Weil er freundlich war und Füchse mochte. Warum hätte er ihm sonst das Katzenfutter anbieten sollen?

Zu spät. Er hatte seinen neuen Herrn verraten, der nicht sein Herr gewesen war und dem er gar nichts verraten hatte. Die lange Jacke hatte alles Verräterische versteckt. Den Schwanz, die Ohren, seine Wonne, von Theo an der Hand gefasst und hinter sich hergezogen zu werden, während ihm Theos Duft köstlich warm und verlockend in die Nase gestiegen war.

Ihn abschnuppern. Unter einer molligen Decke. Nackt. Und ein bisschen ablecken. Sicher hätte Theo viel weniger dagegen als Haku.

Kouki hätte ihm zur Hilfe eilen müssen, statt sich als Fuchs in die trügerische Freiheit zu retten. Mit Haku im Nacken gab es keine Freiheit. Mit Haku gab es gar nichts, was schön war und Spaß machte. Nicht einmal genug zu essen.

Die Plätzchen waren köstlich gewesen. Fast so gut wie Theos Duft.

In der viel zu engen Jeans begann es zu drücken, bloß weil er an die breiten Schultern und den verwegenen Drei- oder vielleicht auch nur Zweitagebart dachte und sich vorstellte, wie Theo oben und untenrum roch.

Er hätte den Kleidercontainer sorgfältiger durchsuchen sollen. Vielleicht hätte er eine Hose in seiner Größe gefunden, aber diese garstige Frau mit ihren zwei Minihunden war aufgetaucht und hatte ihn verscheucht. Die Verwandlung war ihm in letzter Sekunde gelungen. Zum Glück hatte sie den Rucksack nicht bemerkt. Sicher war er ihr zu schäbig vorgekommen und sie hatte gedacht, er wäre mit den anderen Sachen aus dem Container gezogen worden.

War er auch.

Jetzt war er leer. Was Kouki besaß, trug er am Leib. Trug er es nicht, war er der Fuchs, und der Rucksack steckte in dem geheimen Platz verborgen, den er gestern Nacht aufgespürt hatte. Die ganze Zeit hatte er die Angst um Theo im Herz und seinen Geruch in der Nase mit sich herumgetragen. Mal war er stärker, mal schwächer geworden aber als er durch den schmalen Spalt zwischen den Mauern gehuscht und durch das Loch in der Tür geschlüpft war, war er sicher gewesen, ihn tatsächlich zu riechen.

Zwischen Schimmel und Rattendreck und Katzenpisse und modrigen Miefmöbeln.

Ein altes Haus. Leer, stinkend und feucht.

Kouki schüttelte sich. Heute Morgen hatte er das dringende und absolut befremdliche Bedürfnis verspürt, sich zu duschen, dabei hasste er Wasser und Dreck haftete ohnehin nie lange an ihm und wenn, leckte er ihn ab.

Theo würde er auch gern ablecken.

Der Druck zwischen seinen Beinen nahm zu, nur weil in seinem Kopf Theo nackt auf einem gemütlichen Sofa lag und genussvoll stöhnte, während Kouki mit der Zungenspitze zarte Hautfältchen erkundete.

Würde er das? Stöhnen? Oder wäre ihm Koukis Zunge zu rau?

Dumme Fragen aus einem dummen Kopf.

Er fuhr sich knurrend in die Haare und zog so fest daran, dass es wehtat.

Theo hatte Haku zu einem Magierduell herausgefordert und war unterlegen. Niemand würde ihn je wieder ablecken. Sollte Kouki eines Tages mehr Mut als Verstand besitzen, würde er Haku dafür anfallen. Dann wusste der alte Zauberer ganz genau, wie es sich anfühlte, wenn eine nie genug fütternde Hand abgebissen wurde.

Drei Atemzüge lang fühlte er sich mutig, groß und stark.

Bis sein Magen knurrte und sich sein Herz daran erinnerte, noch nie mutig gewesen zu sein.

Kouki schlang die Arme um die Knie, seufzte. Der Druck in seiner Brust blieb nicht nur, er wuchs sogar an, dabei hätte es ihn schlimmer treffen können. Immerhin war er nicht mehr nackt, niemand drosch auf ihn ein und ein Jäger war auch nicht in der Nähe.

Dafür jede Menge anderer Menschen. Scharenweise gingen sie an ihm vorbei, ohne ihn zu beachten. Viele von ihnen trugen Pullover mit großen Kapuzen und lange Jacken. Genau wie er, doch sie versteckten keine Ohren und Schwänze dadrin. Wüsste einer von ihnen, was er in Wirklichkeit war, stünde es schlecht um ihn.

Er war so müde. Das kam von der Angst. Nicht vom Hunger. Der hielt wach, aber jetzt brachte er ihm nichts.

Theo war tot. Alles, was er noch von ihm besaß, war ein schwindender Duft in einem kaputten Haus.

Für einen Moment fielen ihm die Lider vor Traurigkeit zu.

Kouki zuckte erschrocken zusammen.

Er durfte nicht einschlafen, nicht mitten auf der Straße, wo ihn alle sehen konnten. Im Schlaf verwandelte er sich zu oft in einen Fuchs.

Wenn dieser nagende Hunger nicht wäre. Er mischte sich mit Wut, die ihm noch weniger als Trotz zustand. Dank Haku würde er niemals einen Herrn finden. Früher oder später würde jeder von ihm verlangen, die Kapuze abzusetzen oder in einem unachtsamen Moment rutschte ihm der Fuchsschwanz unter der Jacke raus. Es strengte an, ihn ständig an den Rücken zu schmiegen, vor allem wenn er aufgeregt war. Dann zuckte das Ding wie verrückt hin und her.

Er musste zurück zu seinem Versteck. Er konnte kaum noch die Füße voreinander setzen. So schwach und klapperig hatte er sich nie gefühlt. Sein Herz war zu schwer. Vielleicht lag es daran. Es wollte nicht mehr richtig schlagen, ständig stolperte es. So wie er, bei fast jedem Schritt. Wenigstens hatte er Anziehsachen. Bevor er ein Fuchs wurde, musste er sie ausziehen, das durfte er nicht vergessen. Zuerst musste er sie in den Rucksack packen, erst dann konnte er sich zusammenrollen und schlafen.

Er stiefelte durch hässliche braune Pfützen. Sie waren überall.

Seine Schuhe waren zu groß. Sie schlappten und hatten zu glatte Sohlen. Außerdem waren sie zu dünn, aber in der Eile hatte er nichts Besseres gefunden. Da war nur der Sack gewesen, der in der Einfüllklappe festgesteckt hatte und der alte Koffer neben dem Container. Keine große Auswahl. Das mit dem Rucksack war reines Glück gewesen.

Nein. Kein Glück. Das gab es nicht in seinem elenden, einsamen, kalten und ständig hungrigen Leben.

Er wünschte sich so sehr Theo zum Herrn.

Es war albern und dumm. Tote brauchten keine Diener.

Theo hätte sich um ihn gekümmert und zum Dank hätte Kouki ihn nachts im Bett gewärmt und ein bisschen geliebt, vielleicht auch ein bisschen mehr. Tagsüber hätte er ihm geholfen. Immerhin war er ein Hilfsgeist. Egal bei was, er hätte sich zusammengerissen und sich viel geschickter angestellt als bei Haku. Schon weil er bei Theo weniger Angst vor dem Stock haben musste. Es half sich besser ohne dieses garstige Gefühl im Nacken, dass es jeden Moment über ihm zischen und dann schmerzen würde.

Wie erschrocken Theo ihm nachgesehen hatte, als hätte er gewusst, dass es gleich mit ihm vorbei ist. Vielleicht hatte er gehofft, dass sich Kouki heldenhaft zwischen ihn und Haku drängte und den bösen Zauber auf sich zog. Das wäre das Mindeste, was ein Herr von seinem Diener erwarten durfte.

Er hätte sich für Theo opfern müssen.

Haku wäre das egal gewesen.

Sein Herz sank ihm noch tiefer in der Brust. Er war ein so dummer, komplett untauglicher Hilfsgeist. Einen Herrn wie Theo hatte er überhaupt nicht verdient.

Als er das kleine, mit einer Plane abgedeckte Häuschen erreichte, konnte er kaum noch atmen. Der Druck in seiner Brust war nicht auszuhalten, außerdem war seine Nase vom Weinen zugeschwollen.

Er drängte sich durch den mit Mülltüten vollgestopften Spalt, der zwischen seinem Schlupfloch und dem Nachbarhaus nur so tat, als wäre er ein Weg. Auf der Rückseite sah das Häuschen elender aus als von vorne. Aus der Hintertür waren zwei Balken rausgebrochen. Platz genug für ihn, sich hindurchzuzwängen, aber der Rucksack wollte stecken bleiben. Kouki zerrte ihn ins dunkle, ungemütliche und kaum noch nach Theo duftende Innere.

Er bildete sich den Geruch ohnehin bloß ein. Sein dummer Kopf machte solche Dinge. Ein Magier von Theos Format, der es wagte, Haku herauszufordern, hatte nichts mit heruntergekommenen und vor sich hinschimmelnden Häusern zu tun.

Jetzt schimmelte er bald selbst vor sich hin.

Kouki zog die Nase bis zum Anschlag hoch, streifte die geklaute Kleidung ab und stopfte sie in den Rucksack. Sein Körper war schwer wie sein Herz. Beides sank immer tiefer nach unten.

Theo war so freundlich zu ihm gewesen. Auch als Fuchs.

Vielleicht hätte er sich an den ständig hungrigen, viel zu schlaksigen Typen mit japanischem Touch gewöhnen können. Dass er seine Plätzchen mit ihm geteilt hatte, war ein guter Anfang gewesen. Eventuell hätte Theo auch die felligen Ohren und den noch viel felligeren Schwanz gemocht.

Hätte.

Ja. Hätte.

Es war zu spät für jedes Hätte der Welt.

Er rollte sich eng zusammen, schloss die Augen. Gleich war er wieder der Fuchs. Er hätte immer noch Hunger, wäre immer noch einsam und unglücklich, aber er würde nicht mehr frieren. Sein Fell war dick. Dicker als die Sachen aus dem Container.

Plötzlich rutschte er in den Schlaf. Es geschah so schnell, dass er von der Verwandlung kaum etwas mitbekam.

Ein Traum schlich sich aus der dunkelsten Ecke, kletterte über eine fleckige Lehne und setzte sich im Schneidersitz auf das dazugehörige Sofa. Ob es ein guter oder böser Traum war, konnte Kouki nicht erkennen. Träume gaben oft vor, anders zu sein, als sie in Wirklichkeit waren und offenbarten ihr wahres Gesicht erst, wenn es zu spät zum Wegrennen war.

Die schemenhafte Gestalt griff hinter sich und zog eines der sternförmigen Plätzchen hervor. »Hast du Hunger?«, fragte sie und verwandelte sich im selben Moment zu Theo. »Dann komm zu mir.«

»Darf ich bei dir bleiben?« Er würde es so gerne.

Theo nickte.

Koukis Herz hopste vor Freude. Er stand auf, wollte zu ihm, als der Keks zwischen zwei knochigen, langen Fingern zerbröselte.

»Du bist allein«, zischte Haku. »Und du wirst es bleiben.«

Ein kalter Wind wehte die Krümel durch Staub und Spinnweben.

Was für ein garstiger Traum.

Die Nebelwolken vor seinem Mund wurden dicker, seine Beine dafür schwerer. Was immer ihn gestern aus der Bahn geworfen hatte, es wirkte nach.

Theo schaltete einen Gang runter, versuchte, wieder zu Atem zu kommen. Das Laufen hatte ihn lange nicht mehr so angestrengt.

Das Handy vibrierte in der Hosentasche. Die perfekte Ausrede, um stehen zu bleiben und einen Moment zu verschnaufen. Während er sich mit der einen Hand auf dem Knie abstützte, zog er es mit der anderen hervor.

Hi, hier ist Andi auf Steffis Handy ;)

Habe meins gestern verloren. Ich vermute in Projekt fünf. War am Abend noch mal vor Ort. Ich weiß, es ist Wochenende, aber kannst du bitte mal nachsehen? Bin mit Steffi auf dem Weg zu ihren Eltern und erst Montagmittag wieder in der Stadt.

Anscheinend hatte er Andi gestern knapp verpasst.

Kein Problem, bin gerade in der Nähe.

Sofern er den zehnminütigen Umweg überlebte.

Er motivierte sich mit ein paar kräftigen Atemzügen, bevor er im gemäßigten Rentnergalopp weiterlief. Trotzdem zog sich die Strecke in die Länge, bis er endlich den Container sah. Das rostige Ding wirkte größer als die winzige Hütte.

Außer Atem fischte Theo den Schlüsselbund aus der Jackentasche. Das von ihm notdürftig angebrachte Vorhängeschloss hätte er sich sparen können. Die Tür war morsch genug, um sie mit Leichtigkeit einzutreten. Ein Wunder, dass es bei dem Wetter nicht längst geschehen war. Auch wenn es nach Rattenstall stank, es war wenigstens trockener als unter freiem Himmel.

In den Zeiten auf der Straße hatte er einige Nächte in solchen Bruchbuden verbracht. Sitzend statt liegen, weil er sich auf diese Weise weniger schutzlos gegenüber allem mit vier bis acht Beinen gefühlt hatte. Bei dem Gedanken daran glitt ihm ein Schauder über den Rücken. Was war er froh, nachts in einem ordentlichen Bett schlafen zu können.

Aus dem winzigen Flur gähnte ihm Leere entgegen. Aus dem linken der beiden Zimmer ebenso.

Theo drehte den altmodischen Lichtschalter. Wie gestern und die Tage zuvor erwartete er einen Funkenregen, ein Zischen oder wenigstens das Plopp, das verriet, dass die Sicherung rausgeflogen war. Die elektrischen Leitungen waren marode wie der Rest des Hauses und die Textilummantelung ein vor sich hinmodernder Scherz.

Trotz allem erledigte die staubige Glühlampe ihren Job.

Die einzigen Ablageflächen waren Ofenbank, Fenstersims und Fußboden.

Kein Handy.

In dem anderen Zimmer war es zu dunkel. Aus der Decke hing bloß ein Kabel, von dem rußschwarze Spinnwebenbärte bei jedem Luftzug sanft hin- und herschwangen.

Theo schaltete die Taschenlampenapp ein. Der helle Schein weckte huschende Schatten an Wänden.

Sollte sich Andi hier rein getraut haben?

Unwahrscheinlich. Normalerweise beging er seine Projekte erst, nachdem Theo sie aufgeräumt und sämtliche Katzen- und Rattenkadaver entsorgt hatte. Selbst Spinnen machten ihn nervös. Wenn überhaupt, hatte er vom Flur aus einen kurzen Blick ins Zimmer geworfen.

Also wo zum Geier war das Handy?

Schimmerndes Fell, rostrot. Die Schnauze verschwand unter dem sorgsam um den Körper gelegten Schwanz.

Ein Fuchs. Er hatte sich auf einem Kinderrucksack zusammengerollt. Biene Maya grinste an der felligen Flanke vorbei.

Komisch, dass er das Licht nicht bemerkte.

Theo ging leise einen Schritt näher zu ihm.

Ob er derselbe war, der Uromas Päckchen angeknabbert hatte? Die Butze war keine zwanzig Laufminuten von seinem Zuhause entfernt. Für einen Fuchs sicherlich keine große Distanz, aber warum hatte er sich ausgerechnet hier verkrochen?

Vielleicht war es auch ein anderer und Romanowski lag mit seiner Fuchsplage-Theorie gar nicht so verkehrt.

Nein, es war derselbe. Je länger er das Tier betrachtete, umso sicherer wurde er sich.

Was für ein seltsamer Zufall.

Die Ohren zuckten, der Kopf ruckte hoch. Zwei riesig wirkende Augen sahen ihn erschrocken an. Sofort war das Tier auf den Beinen, drängte sich mit dem Hinterteil an die kläglichen Reste einer Kommode. Die Ohren zuckten nach hinten, wieder nach vorn, der hübsche Kopf senkte sich ein wenig.

Kein Knurren, keine aufgestellten Nackenhaare.

Das Tier starrte ihn nur an. Nichts weiter.

Mit diesem unglaublich intensiven Blick aus den schönsten Augen, die er je gesehen hatte.

Dunkler Bernstein.

Zum Verlieben.

»Ich bin dir ein Frühstück schuldig.« Das Katzenfutter lag samt Tüte in seiner Wohnung. »Ich würde ja sagen, komm bei mir vorbei, doch das wird dem ollen Romanowski nicht gefallen. Der bringt es fertig und nervt den Jäger gleich noch mal wegen dir.«

Der Fuchs zog den Kopf ein.

»Hau mich, aber ich werde das Gefühl nicht los, dass du mich verstehst.« War es ihm gestern nicht ebenso vorgekommen?

Das Tier neigte den Kopf, als hörte es ihm aufmerksam zu.

Es war bildhübsch.

Und dieser sorgfältig auf die Vorderpfoten gelegte Schwanz.

»Kleiner, du machst echt was her.«

Die Ohren zuckten erneut.

»Was hältst du von einem Deal? Ich bringe dir am Montag was zu fressen mit und dafür kommst du damit klar, dass ich um dich herumräume und ab und zu ein bisschen Lärm veranstalte.«

Niedlich, wie sich die Schnurrhaare beim Schnuppern bewegten.

»Ich habe gern Gesellschaft bei der Arbeit.« Bisher nicht. Seltsamerweise änderte sich das gerade. »Und? Was sagst du dazu?« Er redete zum zweiten Mal in kurzer Zeit mit einem Fuchs und fühlte sich immer noch nicht komisch dabei. Das sollte ihm zu denken geben, tat es aber nicht. »Taucht in der Zwischenzeit jemand anderes auf, versteck dich besser.«

Der Fuchs nickte.

Er nickte?

»Hast du genickt?«

Er nickte wieder, sah ihn dabei offenherzig an.

»Ich fresse einen Besen, wenn du ein normaler Fuchs bist.«

Dem Tier huschte ein Schauder über den schmalen Rücken.

»Du magst keine Besen?« Laut der Jänicke hatte Romanowski ihn mit einem geschlagen.

Glück für den Hausmeister, dass Theo nicht dabei gewesen war.

Der Fuchs wagte sich ein paar Zentimeter näher zu ihm, schüttelte eindeutig mit dem Kopf.

Was hatte Lotte ihm bloß in die Plätzchen gebrockt? Das hier fühlte sich immer mehr nach einem der tschechischen Märchen seiner Kindheit an.

Jeden Sonntag war er zu Lotte gefahren und vor dem Mittagessen hatte er fernsehen dürfen. Da sie blauen Bären und außerirdischen Plüschwesen mit Bauchklappen und Antennen auf den Köpfen nichts abgewinnen konnte, waren sie verlässlich beim Sonntagsmärchen gelandet.

Der Fuchs sah ihm aufmerksam beim Denken zu.

»Okay, ich muss los.« Ob sich das Fell so weich anfühlte, wie es aussah?

Langsam hielt er dem Tier die Hand hin. »Wir könnten Freunde werden.« Der Gedanke fühlte sich so gut an, dass er lächeln musste.

Der Fuchs schnupperte daran, kam noch ein bisschen näher.

So zahm.

»Lässt du dich von mir …«

Das Handy vibrierte mit tiefem Brummen.

Der Fuchs sprang erschrocken zur Seite, floh hinter ein wuchtiges Sofa.

Sorry, Theo. Steffi hat mein Handy gerade gefunden. Scheint so, als wäre es mir vom Beifahrersitz gerutscht. Eine Vollbremsung hat es wieder ans Tageslicht befördert. Steffi fand's nicht witzig. Ich schon.

Schönes WE trotz allem.

Dann hätte er lange suchen können.

Theo stand auf. Von dem Fuchs war nichts mehr zu sehen.

»Denk an unseren Deal«, flüsterte er in das Chaos. »Bis Montag.«

Ob er die Tür lieber offenstehen lassen sollte? Der Fuchs war reingekommen, also gab es ein Schlupfloch. Aus demselben konnte er auch wieder raus.

Oder dableiben und auf ihn warten.

Ja, das wäre schön.

Er lebte! Wieso? Kouki starrte dem Mann nach, der tot und zertrümmert irgendwo herumliegen sollte. Dass er es nicht tat und stattdessen quicklebendig vor ihm gekniet hatte – fast auf Augenhöhe – konnte nur eines bedeuten: Er hatte Haku bezwungen.

Sein Herz klopfte sich vor Aufregung wund in der Brust.

Wie gelassen Theo gewesen war. Kein Wort über das schreckliche Duell, dabei musste es ihm furchtbar zugesetzt haben. Außerdem hatte er es gewonnen. Weshalb brüstete er sich nicht damit? Jeder andere Magier hätte es sich auf die Stirn tätowieren lassen. *Hakus Bezwinger.* Mindestens.

Vielleicht war Theo noch nicht dazu gekommen. Es war immerhin erst letzte Nacht geschehen. Oder er war bescheiden und prahlte nicht gern mit seinem überragenden Können und seiner unvergleichlichen Tapferkeit.

Koukis Herz schlug immer heftiger.

Theo war ein unglaublicher Magier. Es wäre eine Ehre, ihm zu gehören. Dazu musste er ihn fragen, ob er ihn haben wollte. Das ging nur in seiner menschlichen Gestalt.

Montag würde er zurückkommen, also sollte Kouki so lange warten.

Wann war Montag? Sehr bald oder ganz weit weg?

Vielleicht war er bis dahin schon verhungert.

Und wenn Theo ihn nicht wollte? Dann hätte er umsonst gewartet und wäre im schlimmsten Fall auch umsonst verhungert.

Er musste Theo überzeugen, ihn unbedingt haben zu wollen. Mit all seinem überragenden Können. Haku hatte ihm dazu nie die Gelegenheit gegeben, aber Theo würde es. Ganz bestimmt.

Er musste es aussprechen, sonst galt es nicht.

Ich bin dein gütiger Herr und du, Kouki, bist mein treuer Diener. Ich habe kein Problem damit, wenn du in meinem Bett schläfst, und werde jeden Morgen darauf achten, dass ich dich nicht aus Versehen aus dem Fenster schüttele. Haku hatte das mehr als einmal fertiggebracht. *Außerdem werde ich sämtliche Besen aus meinem Refugium verbannen und dich nie hungern lassen.* So oder so ähnlich. Dann konnte sich Haku vor Ärger den Bart durch die Ohren ziehen, es würde nichts daran ändern, dass er Theo und damit Hakus ärgsten Widersacher gehörte.

Wie sollte er unbemerkt in Theos Refugium gelangen, um ihm das Versprechen zu entlocken? Haku würde es mitbekommen und Theo noch einmal herausfordern und wer wusste schon, ob es dieses Mal erneut gutausgehen würde.

Niemand.

Zu riskant. Er durfte Theo nicht in Gefahr bringen.

Da war ein Haken. Mitten in seinen Gedanken. Sie passten nicht zueinander. Gleichgültig, in welchem Winkel er sie aufeinander zuschob.

Theo lebte. Das war der Fehler. Nein, war es nicht. Es war wundervoll. Nur …

Ein Magierduell ohne Tote?

Niemals.

Das musste bedeuten, dass es Haku erwischt hatte. Ein Duell der Magier war ein Duell der Magier. Dabei wurde nicht mit Flummis geschmissen, sondern mit den bösesten, mächtigsten und tödlichsten Flüchen geschleudert.

Über seinen Rücken huschte ein gigantischer Schauder.

Mit Hakus Tod waren seine Probleme beseitigt. Auch das, Theo unbemerkt in die Wohnung zu folgen. Es musste nicht heimlich geschehen.

Falsch. Es *durfte* nicht heimlich geschehen. Ohne Theos Einladung konnte er sie nicht betreten. Ein Einbruch zu Beginn ihrer neuen Beziehung kam nicht infrage. Das machte einen ganz schlechten Eindruck.

Bis Montag warten?

Und wenn sein Mut ihn bis dahin verließ und er sich nicht mehr traute, Theo zu fragen? Oder vor Hunger zu schwach war, um ein Wort hervorzubringen? Montag konnte irgendwann sein. Auf jeden Fall war es zu weit weg.

Seine menschliche Seite zuckte. Kein Wunder bei der komplizierten Denkerei. Gleich würde er sich verwandeln.

Theos Duft hing im Staub. Auch in den Spinnweben und in der feuchten, muffigen Luft. Es wäre leicht, ihm zu folgen. Und dann, wenn er Theo eingeholt hatte, konnte er ihn fragen.

Der Gedanke fühlte sich gut an.

Kouki verwandelte sich so schnell wie nie. Er schlüpfte in die neuen alten Anziehsachen und zog sich den leeren Rucksack über die Schulter.

Vor Aufregung kribbelte es in seinem Magen. Vielleicht war es auch Hunger.

Dieser Fuchs war nicht nur bildhübsch, sondern auch erstaunlich zutraulich für ein wildes Tier. Wahrscheinlich lebte er schon länger in der Stadt und war die Nähe zu Menschen gewohnt.

Ob er am Montag noch da war? Als Winterquartier war die Hütte nicht übel, vor allem wenn er merkte, dass er gefüttert wurde.

Spätestens wenn er den Hammer auspackte, war das Kerlchen weg. Kein Tier mochte Lärm und den würde er machen und das nicht zu knapp.

Er könnte schnell frühstücken, sich danach aufs Fahrrad schwingen und sein Versprechen gleich einlösen. Je mehr Zeit er mit dem Tier verbrachte, desto weniger Angst würde es vor ihm haben. Vielleicht blieb es dann. Bevor er zu Hammer und Bohrer griff, musste er ohnehin erst entrümpeln. Die Dachkammern und der Raum rechts unten.

Der Unterschlupf des Fuchses.

Der würde sich bedanken. Ein leeres Zimmer bot keinen Schutz.

Er musste ihm eine gemütliche Ecke lassen. Mit dem Sofa oder einem Sessel.

Federleichte Schritte hinter ihm. Sie näherten sich erstaunlich schnell. Wer immer dort rannte, seine Kondition war besser als Theos und der Laufstil beneidenswert leichtfüßig.

Ein junger Kerl in Hoodie und durchnässten, viel zu großen Turnschuhen holte ihn ein. Sie rutschten ihm bei jedem Hopser von den Fersen. Dennoch lächelte er ihn an.

Bernsteinfarbene Augen.

Ein Déjà-vu.

Schon wieder?

Ein Gefühl, als würde sich Nebel über seine Gedanken senken. Er ahnte sie noch, konnte sie aber nicht mehr greifen. Je länger er den Jungen ansah, umso stärker wurde es.

Von irgendwoher kannte er ihn.

Dieser scheue Blick aus den beeindruckenden Augen.

Wie bei dem Fuchs.

Den Gedanken hatte er schon einmal gedacht. Er kam ihm vertraut und gleichzeitig fremd und seltsam vor.

Der junge Kerl trabte leichtfüßig neben ihm her. Ab und zu sah er zu Theo herüber und es schien, als wollte er etwas sagen, doch dann presste er die Lippen zusammen und schwieg.

Verdammt noch mal, irgendetwas stimmte hier nicht!

Theo blieb stehen. Der Junge rannte ein paar Schritte weiter, drehte sich …

Der Rucksack mit dem Biene-Maja-Motiv.

Eben hatte er noch unter dem Fuchs gelegen. Darauf verwettete er alles, was er besaß.

»Stopp!« Das konnte nicht sein. »Woher hast du den Rucksack?«

Der Junge wurde blass, wich vor ihm zurück.

Er kannte ihn. Hundertprozentig!

»Wir sind uns schon einmal begegnet, oder?«

Die Augen wurden immer größer.

»Ich weiß, dass ich dich kenne, aber mir fällt nicht ein woher.«

»Nicht?« Der Junge kam zögernd einen Schritt näher. »Was hast du noch vergessen?«

»Einen kompletten Abend.« Der Kerl wusste von seinem Blackout?

»Gestern?«

Das hier wurde unheimlich.

»Verstehe«, sagte er leise. »Das war Haku.«

Was zum Henker hatte sein Nachbar damit zu tun?

Der Traum. Haku war darin vorgekommen.

»Aber warum du noch lebst, verstehe ich nicht.« Der Junge neigte den Kopf und musterte ihn dermaßen gründlich, als erwartete er, dass Theo jeden Moment aus den Schuhen kippte. »Normalerweise …« Er biss sich auf die Lippen, schüttelte den Kopf. »Ich muss von vorn beginnen«, murmelte er, als spräche er zu sich selbst. Er räusperte sich, straffte die Schultern und verneigte sich.

Nahm ihn der Bengel auf den Arm?

»Ich bin Kouki«, sagte er höflich. »Eigentlich weißt du das bereits, denn du kennst mich.«

Kouki. Ja, der Name klang vertraut.

»Du hast mich gestern im Keller gefunden und vor dem Jäger gerettet.«

Der Nebel in seinem Kopf wurde undurchdringlich und zäh.

Und wo verdammt kam das Rauschen plötzlich her?

»Danach hast du mich in deine Wohnung mitgenommen und mich mit Plätzchen gefüttert. Und dann …«

»Moment!« Etwas Wesentliches entging ihm. »Du warst im Keller?« Die Jänicke, sie hatte ihn runtergeschickt. Wegen des Fuchses. Doch was war danach geschehen? Wieso konnte er sich an nichts mehr erinnern?

Kouki nickte betrüb. »Es war mir unangenehm, dass du mich nackt gefunden hast, aber ich hatte noch keine Anziehsachen.«

Das Bein in der Küchenanrichte. Aus der Dunkelheit hatten ihn zwei leuchtende Augen angesehen.

Fuchsaugen.

Theo schnappte nach Luft, während das Rauschen zu einem Tosen wurde.

»Du hast mir deine Jacke gegeben, was sehr nett von dir war.«

Er war übermüdet und bildete sich komische Dinge ein. Die Sache mit dem Fuchs hatte sich aus irgendeinem Grund mit diesem Jungen überschnitten. Sein Verstand hatte die beiden grundverschiedenen Ereignisse zusammengeschmissen und verarschte ihn jetzt.

Der seltsame Traum.

Es war Kouki gewesen, der plötzlich in der Ecke gekauert hatte. Der Jäger hatte ihn …

Theo wurde kalt.

»Erinnerst du dich wieder?« Kouki kam zögernd einen Schritt näher. »Wir sind ganz schnell die Treppen hochgerannt.«

»Nein.« *Er hat dich erschossen. Tot rennt es sich schlecht.*

»Doch, sind wir.«

Jemand hatte die Kellertür aufgeschlossen. Ein Hund hatte gebellt.

»Du hast mir Fragen gestellt und mir zur Belohnung für die Antworten Plätzchen angeboten.«

Lottes Zimtsterne.

Kouki tappte von einem Fuß auf den anderen. »Eigentlich war es bloß eine Frage.«

Wer hatte ihn in den Schrank getrieben?

Er. Weil er in den Keller gegangen war und sich Kouki deshalb erschreckt hatte.

Langsam lichtete sich der Nebel.

»Plötzlich hat Haku geklingelt.«

Ja, da war etwas gewesen. Ein Streit. Weshalb?

»Er hat gefragt, ob du mein neuer Herr wärst.« Kouki stopfte die Hände bis zum Anschlag in die Jackentaschen. »Ich wusste, dass ich in der Küche bleiben sollte, aber ich war so neugierig und Angst hatte ich außerdem.« Seine Schultern wanderten zu den Ohren. »Ich bin zur Tür geschlichen und habe jedes Wort gehört.«

»Dann sag es.« Er musste wissen, um was es in dem Streit gegangen war.

Kouki blähte die Wangen. »Alle?«

Theo nickte.

In seinem Magen fühlte es sich seltsam an. In seinem Kopf ebenfalls. Der Junge vor ihm wusste Dinge aus seinem Leben, an die er sich nicht erinnerte. Dabei waren sie erst gestern passiert.

Es gab einen Grund, weshalb er nicht mehr trank. Damit ihm so etwas nie wieder geschehen konnte.

Ihm wurde kalt. So plötzlich, dass er mit den Zähnen klapperte.

Kouki begann zu erzählen. Leise und eingeschüchtert, aber auf eine völlig unsinnige Weise ergaben seine Worte Sinn.

Und der gefiel ihm ganz und gar nicht.

»Als ich es vor Angst nicht mehr aushielt, bin ich weggerannt.«

Etwas an Koukis Blick stimmte nicht.

»Das tut mir leid. Ich hätte bleiben und dir beistehen sollen.«

»Und das ist wahr?« Wenn, musste Theo etwas gegen Hakus Machenschaften unternehmen.

»Dass ich geflohen bin?«

»Das, was Haku mit dir gemacht hat.« Ein Herr und sein Lakai. Der Japaner hatte Kouki gefangengehalten und ihm jeden Willen abgesprochen. Er hatte ihn geschlagen und es zugegeben.

Inmitten der Nebelschwaden wuchs etwas Rotes, Glühendes in Theo. Wenn es explodierte, hatte Haku ein Problem.

»Die Beziehung zwischen einem Magier und seinem Hilfsgeist ist schwer zu erklären. Da passieren hin und wieder Dinge, die …«

»Ob er dir wehgetan hat, will ich wissen!«

Kouki zuckte zurück. »Ja, hat er.« Er hob seine Hände vor sich. »Aber das ist im Moment nicht wichtig.«

Doch, war es.

»Du musst ihn anzeigen.« Am besten sofort. »Mit der Nummer darfst du ihn nicht durchkommen lassen. Was ist, wenn er sich ein anderes Opfer sucht?« Das verdammte Rauschen begann erneut.

»Kein Opfer«, sagte Kouki kleinlaut. »Ein Diener. Da bin ich nicht stolz drauf, aber er hätte mich nie geopfert. Weder für Inari noch für sonst eine Gottheit.«

Theos Mund war zu trocken für jedes weitere Wort.

»Da wir das geklärt haben, kannst du mich wieder mit zu dir nehmen?«

Wie bittend er ihn ansah, wie hilflos er vor ihm stand, mit den zu großen Schuhen und einer Vergangenheit, die ihn niederdrücken musste. Trotzdem lächelte er auf diese scheue Weise und erweckte kein bisschen den Eindruck, von Haku gebrochen worden zu sein.

»Bitte, ich habe Hunger und ich muss dich viele Dinge fragen und erklären muss ich dir noch mehr. Dass du dich nicht richtig an gestern erinnern kannst, ist kein gutes Zeichen, weißt du?«

Der Rucksack. Eines der Puzzleteile. Wenn er wusste, wo es hinkam, würde er mehr von dem Bild erkennen. »Verrate mir zuerst, wo du den herhast.«

»Aus einem Altkleidercontainer. Daraus habe ich alle meine Sachen.«

»Das Ding lag eben in Projekt Nummer fünf, und zwar unter einem Fuchs.« Das war eine Tatsache, verdammt.

Kouki sah betreten zu Boden. »Ich weiß nicht, was ein Projekt Nummer fünf ist, aber alles andere kann ich dir zeigen. Nur nicht hier auf der Straße.«

»Gut.« Bis zur Toreinfahrt waren es bloß ein Paarhundert Meter.

Kouki traute sich näher zu ihm, neigte den Kopf. »Wie kommt es, dass ich von einem so großen und mächtigen Magier wie dir nie etwas gehört habe?«

»Weil ich keiner bin«, hörte er sich sagen und es klang, als spräche er in einem riesigen, leeren Raum. »Wie kommst du darauf?«

»Du hast mit Haku gekämpft und überlebt.«

Der Augenaufschlag zwang Theo für eine Sekunde in die Knie.

»Er hat dich geschlagen.« Das war schlimmer. »Was hat er dir noch angetan?« Es war falsch, diese Frage zu stellen. Sie musste Kouki beschämen und verängstigen. »Tut mir leid.« Er stand Meilen neben sich. »Es geht mich nichts an.«

»Er hat mich aus seinem Bett getreten.« Kouki schnaufte wütend. »Obwohl er wusste, dass ich ein Kitsune bin, und er wusste ebenso, wie wir ticken und dass wir gewisse Dinge einfach brauchen, zum Beispiel ...« Seine Hände fuhren durch die Luft, landeten auf der Kapuze und zogen sie noch tiefer ins Gesicht. »Ich will nicht darüber reden.«

Haku war mindestens dreimal so alt wie Kouki und hat …

… ihn *nicht* in sein Bett gelassen.

Für Sauereien brauchte man kein Bett. Für Ausbeutung ebenfalls nicht.

In seinem Kopf fielen die Gedanken übereinander her. Er klammerte sich an die Sache mit dem Prügeln. Damit kannte er sich aus und damit konnte er umgehen. Er wusste genau, wie es sich anfühlte, verdroschen zu werden. Er wusste generell, wie sich Sauereien anfühlten, die man über sich ergehen lassen musste.

An die würde er sich auf keinen Fall klammern.

Passend zur Katastrophe klatschen kirschdicke eiskalte Tropfen aus den Wolken. Zwei erschrockene Atemzüge später drang der Regen bereits durch seine Jacke.

»Komm, wir reden bei mir weiter.« Dieses Rätsel würde er heute noch knacken, und wenn es die letzte Tat seines Lebens war.

Wie kam Kouki darauf, dass Haku ihn umgebracht haben könnte? Der Mann war alt und dünn und wirkte nicht wie jemand, der seinem Nachtbarn plötzlich eine Knarre an die Schläfe hielt.

Der Nebel in seinem Gehirn begann erneut zu summen. Theo versuchte es zu ignorieren, während er neben Kouki über den Hinterhof und die Treppe hinauf in den vierten Stock rannte. Kaum waren sie oben angekommen, starrte Kouki mit angstweiten Augen auf Hakus Tür.

Die Déjà-vus verfolgten ihn.

»Wie lange hast du bei ihm gewohnt?« Schwer vorzustellen, dass ihm Kouki kein einziges Mal während dieser Zeit im Treppenhaus begegnet war.

Weil ihn Haku gefangengehalten und ihm verboten hatte, die Wohnung zu verlassen? Hatte er ihn festgebunden? In einem der Zimmer eingesperrt?

Das Haus war zu hellhörig. Nicht nur er, auch Ole hätte Koukis Hilferufe mitbekommen.

Und wenn er nicht hatte rufen können? Ein Knebel? Paketband, oder einfach eine Drohung mit dem Befehl zu schweigen?

Haku hatte die Wohnung kaum verlassen, wenn überhaupt. Theoretisch hätte er Kouki rund um die Uhr bewachen können.

Nein, auch Mistkerle mussten schlafen.

»Ich formuliere meine Frage neu.«

Kouki schloss den Mund, nickte.

Hatte er ihm zwischendurch geantwortet und er hatte es vor lauter finsterem Nachdenken nicht mitbekommen?

Die geschwungenen Brauen hoben sich.

Also gut. »Wie lange hat dich der Drecksack gefangengehalten?«

Kouki blähte die Wangen. »Schwer zu sagen. Hinter dem Vorhang ist Zeit nicht wichtig. Ich habe nie auf sie geachtet.«

»Welcher Vorhang?«

Kouki wies zu Hakus Tür, ließ die Hand jedoch wieder sinken. »Du bist ein Magier. Du weißt, wie das funktioniert.«

Das mit dem Magier, war das ein Codewort, das Kouki innerhalb dieser kranken Beziehung benutzen musste?

»Können wir bitte reingehen?«, fragte er und es klang eindeutig ängstlich. »Es ist nicht gut, über solche Dinge in Hakus Nähe zu reden.«

»Sicher.« Theo schloss die Wohnungstür auf, ließ den Jungen vorgehen.

Der reckte die Nase in die Luft, schnupperte. Der Rucksack glitt ihm von der Schulter, was er nicht zu bemerken schien, denn er marschierte ohne Zwischenstopp in die Küche. »Es sind ja noch welche von diesen leckeren Sternen da!«

»Bedien dich.« Theo zog Jacke und Schuhe aus, bevor er ihm folgte und Wasser aufsetzte. »Kaffee oder Tee?« So, wie es aussah, brauchte er dringender eine Pause als Kouki.

»Tee bitte.«

Die schmalen Finger verschwanden in der Keksdose.

»Pfefferminze, Bratapfel oder Darjeeling?«

»Entscheide du«, schmatze es munter hinter ihm.

Dann Bratapfel. Immerhin war morgen Advent.

Stoff raschelte.

»Häng die Jacke zum Trocknen an die Heizung.«

Zwei große Tassen, in jede einen Teebeutel und irgendwo musste er noch Kandiszucker haben.

»Möchtest du …« *Zucker in den Tee?*

Etwas klirrte. Sein Fuß wurde nass, heiß.

Aus Koukis Haaren ragten Ohren. Orange mit dunklen Spitzen. Ein bisschen Weiß war auch dabei, was hübsch aussah. Streng genommen fanden sich dieselben Farben in den Haaren wieder. Mitten im Schwarz. Wie bunte Strähnen.

»Bitte erschrick nicht.«

Wieso? Weil ihm Fuchsohren am Kopf wuchsen?

Theo entkam ein seltsames Lachen.

Kouki räusperte sich. Im selben Moment rutsche etwas aus dem weiten Pullover.

Ein Fuchsschwanz.

Passend.

Er sah erschreckend echt aus. Wie die Ohren.

Er *war* echt.

»Hat Haku dich zu dieser Verkleidung gezwungen?«
Petplay. Deshalb durfte Kouki nicht in dem Bett seines *Herrn* schlafen. Wahrscheinlich hatte ihm Haku nur eine alte Decke zugestanden.

Kouki senkte den Blick. Eindeutig beschämt. »Ich bin ein Kitsune.«

»Mir egal, wie du das nennst«, entkam es ihm zu laut. »Ich will wissen, ob er dich dazu gezwungen hat.« Manche Leute standen auf diese Spiele.

Er nicht.

»Unsinn«, murmelte Kouki und huschte zur Spüle. »Ich war schon immer einer.«

Es war zu stickig hier drin. Theo bekam kaum Luft.

»Wir Kitsune sind Hengeyōkai.« Kouki nahm den Spüllappen, kniete sich vor ihn und begann, den Tee aufzuwischen. »Die Magier rufen uns zu sich, wenn sie einen Diener brauchen.« Vorsichtig sammelte er die Scherben zusammen, stapelte sie in seiner Hand. »Im Prinzip sind wir ab diesem Moment ihre Hilfsgeister und stellen uns für sämtliche Arbeiten zur Verfügung, die anfallen. Das können einfache Dinge wie putzen und kochen sein, aber auch Zuarbeiten für aufwendige Ritualzauber. Doch an solche verantwortungsvolle Aufgaben hat mich Haku nicht rangelassen. Er hält mich für einen Tölpel und jedes Mal, wenn ich versuchte, ihm klarzumachen, dass ich nur auf manchen Gebieten ungeschickt bin, auf anderen jedoch ganz und gar nicht, hat er mich weggescheucht.«

»Welche Gebiete?« Er klang fremd, fürchtete sich vor der Antwort und wollte sie trotzdem hören.

Kouki setzte sich auf seine Fersen, lächelte. »Darf ich sie dir zeigen?«

Ein komplett falscher Film. Theo wollte ihn stoppen, doch es ging nicht. Die Tatsache, dass Kouki vor ihm kniete und mit diesem … Blick zu ihm aufsah, während sich der puschelige Schwanz anmutig an den schmalen Rücken schmiegte, machte verbotene Dinge mit seinem Verstand.

Auch mit seinem Herz.

Und dem Rest seines Körpers.

Wenn Kouki doch bloß diese verdammte Verkleidung ablegen würde!

»Steh auf«, brachte er endlich krächzend hervor. »Und gib acht, dass du dich nicht schneidest.« Zu spät. Zwischen den ausgesprochen sensibel wirkenden Fingern tropfte es rot auf den Fußboden.

»Bitte entschuldige.« Kouki sprang auf die Füße, warf die Scherben in den Mülleimer und wollte eben erneut zum Lappen greifen, wahrscheinlich um sein eigenes Blut aufzuwischen.

»Du brauchst ein Pflaster.« Theo griff sich das schmale Handgelenk.

Verdammt, war an dem Jungen alles zierlich?

»Ich bin ein Tölpel.« Aus den dichten Wimpern tropften Tränen. »Haku hat recht.«

»Hör auf damit!« Das konnte doch nicht sein Ernst sein! »Haku ist ein mieses Stück Scheiße!«

»Wir Kitsune sind nicht gut darin, zu dienen«, schluchzte Kouki, als hätte er Theo nicht gehört. »Das weiß jeder. Keine Ahnung, warum mich Haku trotzdem wollte. Nicht einmal meine Farbe hat ihm gefallen. Er wollte Inaris göttliches Weiß und mein Geschlecht passte ihm ebenfalls nicht.«

Dieser falsche Film. Er hörte nicht auf, zwang ihm stattdessen Szenen in den Kopf, die er liebend gern rausgeschnitten hätte.

»Ein Kitsune ist meistens ein Mädchen.« Kouki zuckte mit den Schultern. »Oder eine junge Frau, aber eben kein Mann wie ich.«

Der Begriff *Mann* passte so dermaßen schlecht zu ihm, dass er es nach zwei Atemzügen aufgab, Kouki hineinpressen zu wollen.

»Wie alt bist du?« Er drehte das Wasser an, hielt Koukis Hand unter den lauwarmen Strahl. »Achtzehn?« Wenn überhaupt.

»So genau weiß ich das nicht.« Kouki drückte sich an seine Seite, rieb den Kopf an Theos Oberarm. Er schien sich dessen nicht bewusst zu sein, denn er sah gelassen dem Wasser zu, wie es rote Schlieren in den Siphon spülte. »Da uns die Magier jedoch erst ab unserer Geschlechtsreife rufen dürfen und ich Haku schon eine ganze Weile gedient habe«, er sah zu ihm auf, runzelte die Stirn, »es kommt mir wie eine Ewigkeit vor«, um sich erneut dem fließenden Wasser zuzuwenden, »schätze ich, dass ich erwachsen bin.«

Er wusste nicht, wie alt er war, und hatte offenbar noch nie etwas von Uhren und Kalendern gehört.

Eine Sekte. Irgendetwas Gehirnwaschendes. Ihre Anhänger entführten Jungen wie Kouki, isolierten sie von ihrer Umwelt und hielten sie als Sexsklaven. Haku passte perfekt ins Bild eines charismatischen aber in Wirklichkeit durch und durch hintertriebenen Sektenführers.

Theo brauchte seine gesamte Willenskraft, um nicht überzukochen.

»Wo ist deine Familie?« Er würde jetzt Nägel mit Köpfen machen. »Weiß die, dass du bei diesem …« Jedes Wort war zu milde für den Kerl. »*Mann* gelebt hast?«

»Ich habe keine Familie.«

Oh Gott!

Wie von allein sank Theos Kopf, bis sein Gesicht die weichen Ohren streifte. Er drückte Kouki einen Kuss auf den nicht vorhandenen Scheitel, dabei war er überhaupt nicht der Typ für Rührseligkeiten. Aber das war einfach zu viel. Seine eigene Familie taugte nichts. Uroma ausgenommen, doch auch sie hatte ihre Grenzen. Der Rest war für die Tonne, doch immerhin hatte er eine und sogar seine unfähige Mutter hätte irgendetwas unternommen, wenn er plötzlich von der Bildfläche verschwunden wäre.

Was er war. Regelmäßig. Und ja, sie hatte sich ab und zu gekümmert, obwohl er sich mit Händen und Füßen dagegen gewehrt hatte.

Kouki brummte behaglich. Der Laut schien tief aus seiner Kehle zu kommen und klang, als ob er sich ausgesprochen wohlfühlen würde.

Er roch gut. Ungewohnt und irgendwie wild, aber der Duft, der von den Haaren aufstieg, ließ es in Theo kribbeln.

Verdammt, das Wasser lief ja immer noch.

Er drehte es ab, wickelte Koukis Hand in ein hoffentlich sauberes Geschirrhandtuch. »Tu mir einen Gefallen und zieh die Ohren ab.« Die machten komische Dinge mit ihm. »Und den Schwanz. Du bist nicht mehr Hakus Sex-Spielzeug. Du musst das Zeug nicht tragen.« Wieso ein Fuchs? Ein Kitsune. Wo lag der Unterschied?

»Ich kann das nicht ausziehen.« Koukis Schwanz klemmte sich von hinten zwischen die dünnen Beine. »Die Ohren und der Schwanz sind ein Teil von mir.« Die weiße Spitze lugte knapp unter dem Schritt zwischen den Oberschenkeln hervor.

Zwei Bedürfnisse wuchsen sowohl in seinem irritierten Körper als auch in seinem kurz vor der Kapitulation stehendem Verstand.

Theo wollte sich dafür schlagen.

»Ich kann auch meine Hände oder Füße nicht ausziehen. Das wäre dasselbe.«

Die fellige weiße Spitze zuckte nervös und lenkte den Blick aus einem unerfindlichen Grund zum Reißverschluss der knalleng sitzenden Jeans. Was sich dahinter abzeichnete, gehörte definitiv einem Mann.

Einem ausgesprochen erregten Mann.

Die Erkenntnis brauchte eine Weile, um durch das Chaos in seinen Gedanken bis zu dem Rest Vernunft durchzudringen.

Kouki versuchte, ihn zu verführen. Ganz einfach.

Die Frage war, wieso?

Ein Stricher auf der Suche nach einem gemütlichen Plätzchen für die Nacht. Die aberwitzige Geschichte war der Schlüssel dazu. Es war kurz vor Weihnachten. Die Leute taumelten zwischen Einsamkeitsfrust und Wunderglaube hin und her. Perfekte Opfer.

Und er Idiot war dem Kerl in die Falle gegangen.

Theo fuhr sich durch die Haare, zog daran, nur, um sich davon abzuhalten, sich vor den Augen dieses hinterhältigen, auf exotische Weise gut aussehenden Betrügers zu ohrfeigen.

Wahrscheinlich hieß er nicht einmal Kouki. Er hatte sich irgendeinen Namen ausgedacht mit einem i am Ende, weil das niedlich, naiv und schutzbedürftig klang und es ihm auf die Tour leichter fiel, seine Opfer hinters Licht zu führen.

Ein kleiner, zugegeben cleverer Stricher.

Mit den schönsten Augen der Welt und einem Blick, der ihn ohne Umwege ins Herz traf. Selbst jetzt noch.

Gerade fragte genau dieser Blick, was los war.

»Du verarschst mich«, brachte es Theo auf den Punkt.

Kouki runzelte die Stirn.

»Tu nicht so naiv. Du gräbst mich an, oder?« Er war viel wütender auf sich als auf den Jungen vor ihm. Wie hatte er auf diese Masche reinfallen können? Er stand nicht auf Kerle. »Hast du das mit Haku ebenfalls gemacht und der hat dich durchschaut und rausgeschmissen?« Ja, so musste es gewesen sein. Nicht der alte Japaner, sondern der Lolitaboy war der Täter. Oder Kouki kannte Haku überhaupt nicht, hatte beim Blick auf das Klingelschild lediglich improvisiert, um sein Märchen auszuschmücken.

Der Streit im Hausflur. Er hatte den Alten an die Wand gepinnt.

Brocken aus seinem Traum. Kouki hatte ins Blaue geschossen und Theos verwirrtem Verstand eine verlockende Version eines vergessenen Abends hingehalten.

Und der hatte hungrig zugeschnappt.

Man glaubte, was man glauben wollte, und wenn es noch so verrückt war.

Theo, der Held und Retter eines unglücklichen und bedrohten jungen Kerls. Was für eine verlockende Falle. Der Kleine besaß eine gute Menschenkenntnis, das musste er ihm lassen.

Der Streit mit Haku entsprang vielleicht nur seiner Fantasie, und wenn nicht, war es um ein anderes Thema gegangen.

Sobald er sich gefangen hatte, würde er drüben klingeln und nachfragen.

»Theo?« Kouki wich einen Schritt zurück. »Du machst mir Angst.«

Klar. Passte perfekt in die Rolle des naiven, komplett hilflosen Bürschchens. Sogar die Ohren legte der Kerl ängstlich an.

Kein Dach über dem Kopf aber genug Kohle für solch ein Equipment?

»Zieh die verdammten Dinger ab!« Er griff sich eines, zog daran.

Kouki jaulte auf, klammerte sich an Theos Handgelenk.

»Angst, dass sie kaputtgehen?« Hatte sich Kouki den Mist an den Kopf geschweißt?

Er zog an dem anderen, das ebenso fest saß.

Kouki wimmerte immer lauter.

Die Ohren fühlten sich verdammt echt an. Warm und eindeutig organisch. Jedenfalls nicht nach Plastik. Zog er an dem einen, legte sich das andere so weit zurück, dass es fast in den Haaren verschwand.

Theo ließ die Felldinger los.

Kouki floh rückwärts in die Ecke neben Fenster und Kühlschrank. »Bitte hör auf damit!«, flehte er. »Du reißt sie mir ab!«

»Das ist der Sinn der Übung.« Er drängte den Jungen noch weiter zurück. »Dreh dich um.«

Kouki riss entsetzt die Augen auf. »Nein!« Seine Hände schnellten nach hinten, umfassten schützend den Ansatz des Schwanzes. »Warum tust du mir weh?« Er schluchzte auf.

Es klang echt. Verzweifelt, völlig überfordert.

Ja klar. Mit der krassen Nummer musste er ein guter Schauspieler sein.

»Ich lasse mich nicht von kleinen Strichern verarschen.« Er baute sich vor dem Jungen auf, der vor ihm zu einem zitternden Häuflein Elend zusammenschrumpfte. »Hast du gedacht, du kommst damit durch?« Fast wäre es ihm gelungen.

»Warum nimmst du nicht gleich den Besen und drischst auf mich ein.« Trotz der Tränen und der Angst in den Augen, reckte Kouki das Kinn. »Du bist genau wie Haku!«, fauchte er ihm entgegen. »Dabei dachte ich, du wärst anders. Weil du freundlich warst und mit mir geredet hast. Sogar als ich ein Fuchs war. Du wolltest mich füttern und ich habe immer Hunger, wirklich. Es gab keinen Tag bei Haku, an dem ich satt geworden bin. Aber du wolltest mir Katzenfutter kaufen und hast mich vor dem Jäger gerettet!«

Ein Blick wie durch Watte. Dahinter kauerte ein Junge zitternd vor Angst in einer Ecke.

»Ich habe es gekauft«, hörte sich Theo sagen. »Es ist für den Fuchs.« Dieselben Augen, derselbe Hunger, dieselben Ohren, derselbe Schwanz.

Überall Watte. Vor allem in seinem Kopf.

»Du hast dein Leben für mich riskiert«, schluchzte Kouki. »Du hast Haku herausgefordert, um mir beizustehen, und jetzt willst du mir die Ohren abreißen?«

Tränenströme. Sie würden nie mehr aufhören und er war schuld daran.

Kouki duckte sich, schnellte zwischen Theos Beinen hindurch und schoss aus der Küche.

Gleich würde die Wohnungstür zuschlagen. Der Gedanke trudelte an ihm vorbei, vollkommen belanglos. Theo registrierte ihn lediglich, weil genau das nicht geschah. Stattdessen drang aus dem Flur ein dumpfer Aufprall und das herzzerreißende Schluchzen ging in ein Wimmern, dann in ein leises Jaulen über.

Es klang nicht nach Mensch. Kein bisschen.

Ein Gefühl, als würden ihn die Beine ohne seine Einwilligung tragen. Plötzlich stand er im Flur. Der hässliche Pullover, die vom Regen nasse Jeans, die zu großen Turnschuhe. Sie lagen verstreut herum. Vor der Tür kauerte der Fuchs. Der schmale Körper bebte vor Angst und die Vorderpfoten kratzen abwechselnd am Holz.

Die bernsteinfarbenen Augen, der Biene-Maja-Rucksack, der ständige Hunger.

Kouki hatte es gesagt. Er war der Fuchs. Die Ohren, der Schwanz, alles echt. Dann stimmte auch die Geschichte mit dem Magier, oder?

Theo wollte lachen.

Kein Ton kam heraus.

Er kniete sich neben das verängstigte Tier, streichelte sacht über den zuckenden Rücken.

Sein Verstand kündigte ihm den Dienst, nahm jede Erklärung, ob vernünftig oder schwachsinnig, mit. Was immer hier geschah, es hatte nichts mit Logik zu tun.

»Es tut mir leid.« Er kraulte die angelegten Ohren, bis sie sich zögernd aufrichten. »Ich wollte dir nicht wehtun.«

Kouki hörte auf, an der Tür zu kratzen. Mit hängendem Kopf rückte er etwas näher zu ihm.

Vorsicht und sehr langsam legte Theo den Arm um ihn.

Genau das hatte er sich damals gewünscht. So sehr, dass es ihm das Herz zerrissen hatte.

Als er zitternd vor einer Tür wie dieser gekauert hatte.

Keine Chance auf Flucht.

Es war jemand gekommen.

Aber der hatte ihn nicht in den Arm genommen.

Kouki schmiegte sich an ihn.

»Bilde ich mir das hier nur ein?« Er musste die Frage stellen. »Oder werde ich verrückt?«

Der Fuchs schüttelte den Kopf.

»Und du verstehst mich wirklich?«

Er deutete ein Nicken an.

»Mir würde es leichter fallen, wenn du wieder ein Mensch wärst.« Sie mussten reden. Zum ersten Mal in seinem Leben ergab dieser verhasste Satz Sinn.

Kouki senkte den Kopf so tief, dass seine Nasenspitze den Boden berührte.

»Kannst du es nicht?«

Kouki schnaufte erschöpft.

Anscheinend hatte er sich verausgabt und brauchte Zeit zum Erholen. Sich zwischen Mensch und Tier hin- und herzuverwandeln war garantiert ein hartes Stück Arbeit.

Theo streckte sich nach der Einkaufstüte mit dem Katzenfutter. Er öffnete eine Dose, hielt sie Kouki hin. »Hunger?«

Der leckte sich zwar die Schnauze, aber irgendwie sah es traurig aus.

»Warte, ich hole dir einen Teller.« Aus Dosen zu essen untergrub die Moral. Niemand wusste das besser als er.

Als er aufstand, folgte ihm Kouki in die Küche.

Theo füllte das Futter auf einen Teller und stellte es ihm hin.

Kouki schnupperte, schniefte ein bisschen, und begann zu fressen.

Ebenso manierlich wie er Uromas Plätzchen geknabbert hatte.

»Wärst du ein Mensch, könntest du mit mir am Tisch sitzen.« Nur ein Anreiz. Er würde wirklich gern mit dem Jungen reden, dem er eben fast die Ohren abgerissen hatte.

Kouki hob den Blick, musterte ihn. Er drehte sich geschmeidig um, sprang ohne Anlauf zu nehmen auf einen der Küchenstühle, musterte ihn erneut. Dieses Mal mit einem gewissen Funkeln in den faszinierenden Augen.

»Eins zu null für dich.« Theo hob den Teller auf und stellte ihn auf den Tisch. »Durst?«

Kouki nickte.

Also gut.

Ein Dessertschälchen mit Wasser folgte.

»Ich fange schon mal mit dem Nachtisch an.« Er brauchte was Süßes. Nervenschmiere. Uromas Plätzchen erfüllten den Job perfekt. Während er sich durch den Restbestand kaute, schlabberte eine rosa, unglaublich flinke Zunge die Hälfte des Wassers ins Schnäuzchen, die andere verteilte sie tropfenweise auf dem Tisch.

Theo musste lachen.

Kouki sah ihn verunsichert an.

»Alles gut.« Die Zimtsterne schmeckten verboten lecker. »Du siehst niedlich aus, wenn du schlabberst.«

Er speiste mit einem Fuchs am Küchentisch und unterhielt sich auch noch mit ihm. Sogar für einen Traum war das zu schräg.

Wenn er jetzt verrückt wurde, war es eben so. Anscheinend konnte er es nicht ändern.

»Magst du?« Er hielt ihm ein Plätzchen hin.

Kouki nahm es ihm vorsichtig aus den Fingern. Dabei streifte seine feuchte Nasenspitze an Theos Daumen entlang.

Er streichelte darüber.

Kouki hielt ganz still, den Keks zwischen den Zähnen, so behutsam, dass kein Krümel runterfiel.

»Du magst es, gestreichelt zu werden.« Wer mochte das nicht?

Der Fuchs schmiegte sich an seine Hand.

Es machte Spaß, das weiche Fell an den Fingern zu spüren. Vor allem an der Handfläche.

Theo entkam ein ähnlicher Laut wie Kouki, ganz nah am Schnurren. Nein, eher ein tiefes Brummen. Es vibrierte durch seinen Körper, füllte ihn mit Wärme.

Dieser sanfte Blick, das Glänzen darin. Das weiche Fell, das er stundenlang hätte streicheln können.

Würde sich nicht langsam ein Speichelfaden von den Lefzen lösen und sacht auf den Tisch tropfen.

Der Keks steckte immer noch in Koukis Schnauze. Klar, dass dem Naschmaul das Wasser im Mund zusammenlief.

»Iss erst mal.« Seine Hand trennte sich nur ungern von dem anschmiegsamen Köpfchen.

Kouki schlang den Zimtstern mit einem Haps hinunter.

Theo hielt ihm den letzten hin.

Der Fuchs schüttelte den Kopf, deutete ein Nicken zu ihm an.

»Du trittst ihn mir ab?«

Er nickte erneut.

»Danke, sehr höflich.« Noch während des Kauens rebellierten die Reste seines Verstandes. Sie bäumten sich auf, rüttelten an allem, was ihm jemals vernünftig und richtig vorgekommen war.

Als sähe er von außen zu. Jedem einzelnen der empörten Gedanken. Wie bei einem dieser amerikanischen Anwaltsfilme. Das Plädoyer des Staatsanwaltes war stichhaltig und niederschmetternd überzeugend. Die Geschworenen hatten gar keine Wahl. Sie mussten den Angeklagten schuldig sprechen.

Alle taten es.

Nur Theo stand auf und warf dem übereifrigen Anzugträger ein lockeres *Fick dich!* vor die mit Hochglanz polierten und garantiert italienischen Schuhe. *Und wenn du uns unter deinen auswendiggelernten Argumenten begräbst, ich weiß, was ich weiß, und ich weiß, dass Dinge manchmal nicht sind, wie sie scheinen. Egal wie geifernd einem kluge Leute das einreden wollen.* Hocherhobenen Hauptes schritt er aus dem Gerichtssaal, legte beim Vorübergehen dem Angeklagten die Hand auf die Schulter.

Er spürte dessen Herzschlag.

Es war sein eigener.

Der Mann sah ihn dankbar an. Mit Theos Augen.

Er lächelte. Mit Theos Mund.

Ein Blick in den Spiegel. Er nickte sich zu, die Zahnbürste noch zwischen den Zähnen, der Schaum lief aus dem Mundwinkel übers Kinn.

Theo blinzelte und saß wieder in der Küche.

Ein Fuchs war nicht immer ein Fuchs, ein Junge nicht immer ein Junge und Kouki war ein Mann. Die enge Jeans hatte es ihm verraten. Sie lag im Flur, doch das spielte keine Rolle mehr.

Theo war so unendlich müde, dabei war es draußen noch längst nicht dunkel.

Er konnte später aufräumen. Die Küche, die Reste des Katzenfutters, das Geschirrhandtuch mit den Blutresten.

»Ich muss ins Bett«, brachte er kaum verständlich hervor. »Fühl dich wie zu Hause und sei bitte morgen früh noch da.«

Jeder Schritt zum Schlafzimmer war einer zu viel. Mit letzter Kraft gelang es ihm, sich auszuziehen, bevor er unter die Decken kroch. Er wartete auf das Gefühl, wenn sich der Kissenbezug an die Wange schmiegte.

Es blieb aus. Die Frage, warum, schaffte es nicht mehr in seinen Verstand.

»Du schläfst schon«, flüsterte eine raue, doch vertraute Stimme in sein Ohr. »Darf ich dich wärmen?«

Ja, gern. Nachts wurde es bitterkalt. Romanowski, die Nase, bekam es mit der Heizungsanlage nicht auf die Reihe. Dafür schlug er auf zitternde Füchse ein, der Idiot.

Eine Dose Katzenfutter, zweimal Hundefutter. Koukis Frühstück war gesichert. Nur die Plätzchendose war leer.

Sie hatten anders geschmeckt als letztes Jahr.

Besser.

Ein Traum-im-Traum Traum

Manchmal fiel es ihm schwer, den Fuchs abzustreifen. Dann tat es weh und fühlte sich falsch an, beängstigend. Vor allem, wenn er zu lange in dem Fell gesteckt hatte. Ähnlich erging es ihm, wenn er tagelang ein Mensch sein musste. Haku hatte ihn oft dazu gezwungen. Was sollte er mit einem Hilfsgeist, der Pfoten statt Händen besaß? Darauf hatte Kouki keine Antwort gewusst.

Oft hatte er sich während des Schlafens verwandelt. Nie aus Absicht, Hakus Verbot war nichts, was er leicht hätte vergessen können. Es war trotzdem geschehen. Der Fuchs in ihm brauchte Freiheit.

Haku hatte dann morgens mit dem Besen in der Hand vor Koukis Schlaflager gestanden und bevor er auch nur halbwegs wach gewesen war, war der Stiel auf ihn niedergesaust. Immer wieder, bis er sich trotz der Schläge, der Angst und dem Schmerz zurückverwandelt hatte. Das waren böse Augenblicke gewesen. Ein Gefühl, sich in einen schrecklich engen Anzug zwängen zu müssen, der ihn von Kopf bis Fuß einschloss. In solchen Momenten blieb ihm die Luft vor Schreck weg, dabei war ihm der Prozess vertraut, was nichts an dem Eindruck, zerdrückt zu werden, änderte. Je mehr er sich vor Haku gefürchtet hatte, umso enger war es ihm geworden.

Auf Theos Bett fiel es ihm leicht. So wie es sein sollte.

Kouki sah den Pfoten dabei zu, wie sie zu Händen wurden, beobachtete seine Hinterläufe, wie sie sich zu langen Beinen streckten. Ein Ziehen in seinen Gliedern, ein Kribbeln von den Zehenspitzen bis hoch unter seine Schädeldecke und ein Gefühl im Bauch, als würde ein lauer Sommerwind durchwehen. Das war alles. Eigentlich fühlte es sich wunderbar an.

Theo schlief. Das war gut, dann konnte er ihn in Ruhe beschmusen. Zwischendurch würde der sicherlich kurz aufwachen. Nicht richtig, mehr ein Blinzeln aus dem Traumland hervor. In diesem Moment musste Kouki ihn dazu bringen, ihn als seinen Diener offiziell anzuerkennen.

Er kuschelte sich unter die zwei Decken, schmiegte sich eng an den warmen, muskulösen Körper. Ihm entkam ein Seufzen, so gut tat das. Er schnupperte sich durch Theos Haare, hinter seinem Ohr entlang zum Hals, zum Kinn. Es war nur ein bisschen kratzig.

Warum hatte er sich rasiert?

Der arme Drei- oder Zweitagebart.

Morgenfrüh würde er Theo ausgiebig vom Rasieren ablenken.

Er ließ seine Zunge über das raue Kinn fahren.

Die winzigen Stoppel kitzelten so sehr, dass er kichern musste.

Gleich noch mal.

Theo brummte im Schlaf. Es klang gemütlich und ein wenig überrascht, aber ganz und gar nicht ärgerlich und schon gar nicht so furchtbar einschüchternd wie vorhin in der Küche.

Kouki hatte schreckliche Angst vor ihm gehabt.

Theo war der sonderbarste Magier, den er kannte. Fürsorglich, angsteinflößend, reumütig, aufbrausend, zärtlich, grausam, misstrauisch, stark, müde, verwirrt, wütend und traurig. Das besonders.

Die hellen Augen mochten es, Gefühle zu zeigen, aber hinter allen hatte sich Traurigkeit versteckt.

Er könnte sie Theo ablecken. Direkt von der Seele. So was tat gut und entspannte.

Kouki schob sich vorsichtig auf den Mann, der hoffentlich bald sein Herr wurde, und ruckelte sich in eine bequeme Position. Schon das genügte, um das Blut in den kleineren seiner Schwänze zu locken. Er schwoll an, fühlte sich immer sensibler an. Ein bisschen weiterruckeln, vor allem mit der Hüfte, und dabei die Nasenspitze in die Kuhle zwischen Theos Schlüsselbeinen drücken. Direkt unter der Kehle.

Ein ganz wundervoller Ort für seine Nase.

Theo roch so viel besser als Haku. Nicht nach verkokelten Haaren und bitteren Kräutern, sondern nach Regenluft mit einem Hauch Moschus, ein bisschen U-Bahnduft und ganz viel …

Ein sehnsüchtiger und durch und durch nach Erregung klingender Laut schlich sich aus seiner Kehle. Zu eindeutig, um überhört zu werden.

Genau in solchen Momenten hatte ihn Haku aus dem Bett gestoßen. Jedes Mal.

Theo atmete tief ein, tastete nach Koukis Hüfte, packte sie fest mit seinen starken Händen und bewegte sie leicht samt Kouki hin und her. Bei jedem Reiben von Haut an Haut wurde das, was über Koukis immer empfindlicher werdende Stelle schrammte, härter und größer.

Unglaublich erregend.

Kouki krümmte den Rücken, um über die aus weichen Härchen hervorlugenden Nippel lecken zu können. Er ließ die Zungenspitze abwechselnd darum kreisen, leckte ab und zu auch mit der ganzen Breite darüber. Sie richteten sich auf, fühlten sich hart wie Murmeln an.

Das raue Stöhnen aus Theos Kehle klang so gut. Er mochte es.

Immer schneller und fester ließ er seine Zunge kreisen.

Theo drückte den Kopf tiefer ins Kissen. Dabei wölbte sich sein Brustkorb den Liebkosungen entgegen.

Wie angestrengt sein Atem klang.

Sexy.

Tausend wohlige Schauder rannen durch Koukis immer liebesbedürftigeren Körper.

Wenn Theo offensichtlich gefiel, was er mit ihm machte, dann würde ihm ein bisschen mehr sicherlich auch gefallen. Und danach noch ein bisschen mehr und dann ganz viel mehr.

Kouki schnappte nach Luft. Was ihn heftig in den Unterleib biss, war reine Lust und sie würde sich nicht mit weniger als ganz, ganz viel mehr zufriedengeben.

Er löste Theos Hände von sich, schob sich tiefer und leckte dabei über den festen, muskulösen Bauch. Auch hier kitzelten die Härchen seine Zunge.

Theos Leisten zuckten. Dann sein stattlicher, berauschend duftender Schwanz.

Kouki lief das Wasser im Mund zusammen.

Während sich seine Beine ganz von allein um Theos klammerten und er versuchte, den größtmöglichen Widerstand und die perfekte Reibung an seinem Unterleib zu spüren, leckte er über die pralle Spitze und erforschte mit der Zungenspitze, sehr viel weniger sanft, als er es vorgehabt hatte, die zarten Hautfältchen.

Mit einem tiefen Stöhnen bäumte sich Theo auf, krallte sich in Koukis Haare. Mit Macht drängte er ihm den steinharten Schaft gegen die Lippen, keuchte schließlich ein raues *Bitte* hervor.

Er wollte es. So dringend, dass er darum bat.

Kein Befehl, kein Schnippen mit den Fingern.

Eine Bitte aus vollem Herzen ausgestoßen.

In seiner Brust pochte es so heftig wie in seinem Unterleib. Für Theo würde er alles tun, auch diesen prachtvollen, beängstigend großen Ständer in den Mund nehmen, obwohl er ihn eigentlich nur hatte abschlecken wollen.

Wahrscheinlich erstickte er daran.

Während eines heiß ersehnten und verzweifelt erflehten Liebesdienstes zu sterben, war der wundervollste Tod, den er sich vorstellen konnte. Wie war er nur auf die Idee gekommen, ein untauglicher Hilfsgeist zu sein?

Er machte seinen Job großartig.

Entschlossen leckte er sich über die Lippen.

Etwas Weiches, Puscheliges rieb über seinen Bauch und schaffte es, gleichzeitig sein Kinn zu streicheln. Es kitzelte ihn sogar an der Nase, aber nur kurz.

Jemand drängte sich an ihn. Warm und anschmiegsam.

Theo versenkte das Gesicht in einem Wust herb und ausgesprochen erregend duftender Haare. Er schloss die Arme um den zierlichen Körper, zog ihn noch näher zu sich. Ein kleiner, fester Hintern drückte sich gegen seinen Unterleib, bewegte sich aufreizend an ihm.

Kouki. Er war in sein Bett gekommen? Theo versuchte sich aus dem Schlaf zu winden, doch es gelang ihm nicht. Das Gefühl zu träumen, füllte ihn bis in seine pochende Mitte hinein aus.

Diese gierige raue Zunge. Sie hatte ihn überall abgeleckt, sich überall reingedrängt.

Er hatte lange keinen geträumten Orgasmus mehr erlebt und nie einen so heftigen wie eben. Trotzdem fühlte sich das Drängen an ihm immer besser an.

Koukis Stöhnen dafür immer hilfloser.

Wenn er so weitermachte, garantierte Theo für nichts mehr.

Er vögelte keine Männer. Schon gar keine, die behaupteten, Füchse zu sein, und keine Ahnung hatten, wie alt sie waren.

Dann hätte er sich von Kouki auch keinen blasen lassen dürfen. Und das hatte er, lang, intensiv und ausgiebig. Zwischendrin war er sicher gewesen, nie mehr von der Welle runterzukommen.

Verdammt, Kouki hatte Talent.

Und stand jetzt bis zum Funkenschlagen unter Strom.

Theo schnappte sich die schmalen Hüften, strich fest über Koukis knallharten und erstaunlich großen Schwanz.

Endlich mal ein Teil an ihm, das nicht zierlich war.

Theo grinste in die wuscheligen Haare, inhalierte so tief er konnte deren Duft. In seinem Schritt regte es sich erneut. Eine Weile genoss er den vor sich hinruckelnden Druck an seinem Unterleib. Koukis Hintern wusste anscheinend genau, was er wollte und er würde keine Ruhe geben, bis er es bekam. Hoffentlich war ihm klar, auf was er sich einließ.

Theos Grinsen wurde breiter.

Bisher hatte der Gedanke, es mit einem Mann zu treiben, seinen Flucht- und Kampfinstinkt geweckt, aber jetzt, mit Kouki im Arm und diesem süßen, fordernden Hintern an sich …

Kouki wandte den Kopf zu ihm, sah ihn aus vor Lust glasigen Augen an. »Bitte nicht aus dem Bett treten«, keuchte er. »Ich brauche das hier ganz, ganz dringend.«

»Ist mir nicht entgangen.« Er drängte sich fester an ihn.

»Theo?« In den Blick schlich sich etwas Flehendes. »Vorher musst du mir etwas versprechen.«

»Sag mir, was es ist und ich entscheide, ob ich es muss.« Sein Schaft eroberte den Spalt zwischen den festen Backen. Sie rutschten an ihm hoch und runter, während ihm Kouki weiterhin mit diesem völlig kirre machenden Blick ansah.

»Ein Hilfsgeist braucht einen Herrn.«

Oh nein, nicht schon wieder dieser Mist.

»Ich bin nicht freiwillig einer geworden, aber jetzt ist es so und ich kann es nicht ändern. Außerdem bin ich nicht halb so untauglich, wie ich dachte.«

Der kleine Po rieb sich schneller an ihm.

»Du weißt jetzt, was ich …« Kouki schloss die Lider, stöhnte so tief, dass es Theo heiß durchs Innere rieselte. »Du weißt, was ich bin«, keuchte Kouki, ohne die Lider zu öffnen. »Wenn das Haku erfährt, schnippt er das Leben aus meinem Fell, ohne auch nur dabei zu blinzeln.«

Die Sache mit der miesen Dom-Sub-Beziehung. Dunkel erinnerte er sich an das Gefühl eines alten Halses an seinem Unterarm.

»Ich will nicht dein Herr sein. Ich will bloß mit dir vögeln. Jede Nacht und gerne zwischendurch.« Das wäre ein Fest. »Aber du darfst Lotte nicht verraten, dass du ein Mann bist und das mit dem Fuchs verschweigst du ihr besser auch.« Den Salmon, der auf ihn niederprasseln würde, wollte er sich nicht vorstellen. Es war am besten, er behielt die Sache mit Kouki für sich. Dann musste er sich von niemandem dumme Kommentare anhören. Haku hatte Kouki Ewigkeiten geheimgehalten. Es sollte also kein Problem sein.

Der Gedanke fühlte sich grottenfalsch an. Sehr viel grottenfalscher als der, dass ein alter Japaner in einer Berliner Mietwohnung ein Magier war.

War er einer? Nur weil Theo Koukis Ohren und Fellschwanz akzeptierte, hieß das noch lange nicht, dass er an böse Zauberer und hinter Schleiern verborgene Welten glaubte.

»Vielleicht träumst du das hier.« Tief in Koukis Augen funkelte etwas Hinterlistiges. »Einer dieser Traum-im-Traum-Träume, in denen man aufwacht und plötzlich geschieht etwas Eigenartiges, das sich komisch oder gruselig anfühlt, und man weiß, dass man immer noch träumt.«

Diese Art Träume hasste er. Sie machten ihm Angst, und wenn er es endlich schaffte, ihnen zu entkommen, war er fix und fertig.

»In so einem Traum darf man alles tun, was man will.«

»Mach ich doch gerade.« Er tastete sich zwischen den verlockend festen Pobacken entlang und strich sacht über das kleine, zuckende Loch.

Kouki drängte sich seufzend seinem Finger entgegen. »Warum hast du dann Angst, mein Herr zu sein?«

»Hab ich nicht. Ich find's nur doof.«

»Aber es ist wichtig für mich!«

»Es ist nur ein Traum, das hast du selbst gesagt.« Theo biss sich auf die Lippen, um nicht zu grinsen. Es machte Spaß, Kouki mit den eigenen Waffen zu schlagen. »Außerdem bist du ein Fuchs. Die sind frei. Herren sind was für Hunde. Genau wie Leinen.« Mit einem Halsband würde Kouki verboten niedlich aussehen. Vielleicht tannengrüner Samt oder weiches, dunkelbraunes Leder.

»Du sollst mich ja nicht an die Leine nehmen, sondern mich als deinen Hilfsgeist akzeptieren.«

Er liebte diesen bittenden Augenaufschlag.

»Ich könnte dir in allen Bereichen zur Hand gehen.« Kouki drängte sich fester gegen Theos Finger. »Auch bei so langweiligen und überhaupt nicht erotischen Arbeiten, wie die Wohnung aufzuräumen oder das Geschirr aufzuwaschen.«

»Was ist mit Andis Projekten?«

Kouki stoppte das Drängeln, runzelte die Stirn. »Mir egal, wer Andi ist. Aber ich werde dich nicht teilen. Weder mit ihm noch mit seinen Projekten.«

Der Junge war dermaßen süß.

»Ich saniere für einen Freund Bruchbuden. Damit verdiene ich mein Geld.«

Die rabenschwarzen Brauen hoben sich. »Ach deshalb warst du in meinem Unterschlupf.«

Theo nickte.

»Hat die Arbeit viel mit Dreck, Gestank und schweren Dingen zu tun?«, fragte er vorsichtig.

»Und wie.«

Kouki zog den Kopf ein. »Na ja, wenn du es mir befiehlst, kann ich gar nicht anders als dir zu helfen.«

Gut zu wissen. »Was fällt noch unter deine Aufgabenbereiche.« Langsam gewöhnte er sich an den Gedanken, einen Hilfsgeist zu haben.

»Dich zu trösten, wenn du traurig bist, dich zu wärmen, wenn du frierst, dich abzulecken, wenn du dich schmutzig fühlst und …«

»… nicht ununterbrochen mit mir über die Beziehung sprechen zu wollen, nicht jedes Wort von mir auf die Goldwaage zu legen, und sich nicht mit Ausreden wie Kopfschmerzen von mir wegzudrehen, wenn ich vögeln will.«

»Ähm.«

»Ja?«

»Das sind Dinge, die ich nicht machen soll?«

»Ja.« Vor allem das mit dem Wegdrehen.

»Gut.«

Gut klang gut.

»Ich habe nie Kopfschmerzen und liebe Sex garantiert mehr als du. Obwohl ich meistens nur davon träume und mir noch nie der Genuss zuteilwurde, einen prachtvollen, großen und köstlich duftenden Schwanz wie deinen in mir zu spüren, worauf ich mich übrigens trotz einer gewissen Angst im Bauch freue.« Er holte tief Luft. »Sag es jetzt.«

»Was denn?« Kouki quatschte ihn ja doch voll.

»Dass du mein Herr sein und meine Dienste akzeptieren wirst. Dass du mich nicht hungern lässt, nie zum Besen greifst, um mich zu prügeln, mich nie, wirklich nie, aus dem Bett treten, aus deinem Refugium stoßen oder aus dem Fenster schütteln wirst. Egal ob aus Versehen oder aus Absicht.«

»Warum sollte ich dich aus dem Fenster schütteln?«

»Weil ich mich beim Schlafen oft in den Fuchs verwandle und mich in deine Decke einrollen werde. Wenn du die morgens ausschüttelst, und ich habe mich ganz fest darin eingerollt, dann könnte es bei deiner Stärke und Statur durchaus passieren …«

»Du sollst mich nicht um den Verstand reden.« Mit ein bisschen Spucke flutschte sein Finger sicherlich besser in das kleine Loch.

Theo speichelte ihn ausgiebig ein, bevor er ihn erneut in den immer wärmer werdenden Spalt schob.

Heiß, eng und weich. Ganz vorsichtig tiefer. Es sollte Kouki nicht wehtun.

»Schön lockerlassen.« Und noch ein Stück.

Kouki nickte seufzend, kam dem Eindringling zögernd entgegen. Es flutschte zwar nicht wie geschmiert, aber Kouki schien es trotzdem zu gefallen.

»Sag es«, japste der in einer Mischung aus Entzücken und Qual. »Sonst bin ich morgen nicht mehr da, wenn du aufwachst und du wirst sicher sein, geträumt zu haben. Dafür wird Haku sorgen. Der kann so was.«

»Haku ist ein sadistischer, machtgieriger alter Mann.«
Er drehte den Finger in der Enge, zog ihn zurück, schob
ihn wieder tiefer.

»Und ein mächtiger, sehr, sehr gefährlicher Magier.«
Kouki stöhnte auf. »Und jetzt erkläre mich offiziell zu
deinem Diener!«

»Lässt du dich auch von mir vögeln, wenn ich diesen
Schwachsinn nicht sage?«

Entschieden schüttelte Kouki den Kopf. Sogar seine
Fuchsohren schlackerten vor Schwung.

»Du erpresst mich?«

Ebenso entschieden nickte er.

Dreist.

»Na gut.« Es gab schlimmere Zugeständnisse. »Ich,
Theo Hanke, bin ab jetzt und für immerdar dein Herr
und Meister und werde dich in meinen Diensten fördern
und fordern bei allen Dingen, die ich von dir verlangen
werde.« Donnerwetter, wenn das den kleinen Fuchs nicht
beeindruckte, wusste er es auch nicht. »Solltest du Bock-
mist bauen, werde ich dich zwar an den Ohren ziehen,
aber nie an dem Schwanz und dich außerdem nie mit
dem Besen verprügeln oder aus meinem Bett verbannen.
Ich werde dafür sorgen, dass dein Bauch nicht knurren
muss und du auch sonst alles erhältst, was du zum Leben
und Glücklichsein brauchst.« Da war doch noch was.
Richtig. »Und bevor ich mein Bett ausschüttele, werde ich
immer sorgfältig nachprüfen, ob du dich zwischen die
Decken geknotet hast.« Wobei Flugfüchse ebenfalls niedlich waren.

Na nu? Warum rührte sich Kouki nicht mehr?

Der Junge ruckelte sich von ihm weg, nahm schwei-
gend hin, dass der Finger dabei aus ihm rutschte, und
kniete sich schließlich neben Theo.

»Alles in Ordnung?« Irgendetwas stimmte nicht mit ihm.

Kouki ließ den Kopf hängen. Mit einem leisen, doch immer schneller werdenden Platschen prasselten dicke Tränen auf seine nackten Beine.

Verdammt, er hatte irgendetwas falsch gemacht.

»Kouki?«

Der rückte noch etwas näher.

»Was ist denn?« Besser, er nahm ihn in den Arm.

Kouki klammerte sich an ihn, vergrub das klitschnasse Gesicht an Theos Halsbeuge. »Ich bin so glücklich«, schluchzte er und seine Schultern zuckten wild. »Ab jetzt und für immerdar ... so etwas Schönes hat noch niemand zu mir gesagt.«

Er hatte in seiner Kindheit zu viele Märchenfilme angucken müssen, daher die verschrobene Formulierung, aber sie war ihm passend erschienen.

Kouki fühlte sich in Theos Arm immer glitschiger an, sogar auf dem um die Hüfte geschwungenen Schwanz glitzerten Tränenperlen. Jedes Mal, wenn die weiße Spitze zuckte, lösten sich einige auf und rannen tiefer ins weiche Fell.

Es war schön, Kouki festzuhalten. Überhaupt hätte er seine Träume besser festhalten sollen, dann wären ihm nicht so viele unterwegs verloren gegangen und manche Dingen wären vielleicht nicht geschehen.

Unter seinen Händen wuchs eine Gänsehaut.

»Ist dir kalt?«

»Ein bisschen«, kam es kläglich, bevor ein Schauder durch den zierlichen Körper jagte.

Ohne Kouki loszulassen, legte er sich mit ihm zurück, bettete dessen Kopf auf seine Brust und zog die Decken über sie beide.

»Wolltest du mich nicht vögeln?«

Ein kalter Arm schob sich auf seine Brust und ein ebenso kaltes Bein auf seine Oberschenkel.

»Mach ich später.« Vorher mussten sie beide schlafen. »Träum was Schönes, Füchschen.«

Kouki brummte leise.

Theo fielen die Augen zu. Was für ein verrückter Tag. Hätte er ihn nicht erlebt, würde er ihn sich selbst nicht glauben.

Koukis Kopf fühlte sich immer schwerer auf seiner Brust an.

Das gleichmäßige tiefe Atmen steckte an.

Er war so müde.

Etwas Dunkles glitt ins Zimmer. Einen Moment blieb es neben der Tür stehen, beobachtete ihn.

Er sollte aufstehen und sich das Ding aus der Nähe ansehen.

Lider wie Blei. Sie wollten sich nicht heben. Die Frage, warum er trotzdem diesen Schatten wahrnahm, schrumpfte zusammen und verschwand.

Das Gefühl zu fallen.

Theo zuckte zusammen.

Sein Schlafzimmer. Ein dunkler Himmel vor dem Fenster, Kälte an seiner Nase.

Nur ein Traum.

Haku schnippte ihm den tröstenden Gedanken vor der Nase weg. Der Alte stand an seinem Bett, die schwarzen Augen auf ihn gerichtet.

Theos Herz setzte aus vor Schreck.

»Hast du gedacht, ich lasse mich zum Gespött der Gemeinschaft machen?« Die dröhnende Stimme warf ein Echo in seinem Kopf. »Kouki ist mein Diener und ich mache mit ihm, was mir beliebt!«

Dieser stechende Blick. Er zog ihm sämtlichen Mut aus den Knochen.

»Du hast ihn rausgeschmissen!« Nicht einschüchtern lassen. Angst war der Anfang vom Ende. Er war schon mit ganz anderen Kerlen fertig geworden. »Du wolltest ihn nicht mehr, also verschwinde und zieh deine Hokuspokus-Nummer woanders ab!« Scheiße, wie ihm das Herz schlug!

»Du willst ihn auch nicht.« Die Spitze des dünnen Fingers bohrte sich in seine Brust, ließ die Rippen knacken, sank tiefer. Fingerglied für Fingerglied verschwand in seinem Brustkorb. Dann die anderen. Mittelfinger, Daumen, Ringfinger, kleiner Finger.

Nach der knochigen Hand greifen, sie aus sich herausziehen.

Er konnte sich nicht bewegen.

Diese bösen, starren Augen. Nichts spiegelte sich darin. Nicht einmal sein eigener vor Angst entsetzter Blick.

Die Finger schlossen sich um sein Herz. Eiskalt und unerbittlich.

Er starb. Genau jetzt. Gleich würde das Leben von hinten nach vorn an ihm vorbeiziehen und irgendwann fand Romanowski eine halbverweste Leiche mit aufgebrochenem Brustkorb und zerquetschtem Herz.

Uroma durfte das nicht erfahren. Niemals. Auch nicht seine Mutter. Besser, die beiden hielten ihn für verschollen. Damit konnten sie umgehen, war ja oft genug passiert.

Haku drückte zu.

Schmerz raste ihm durch den Körper, explodierte in seinem Kopf, satt in seiner Brust. Sterne vor den Augen, dahinter ein verzerrtes, bleiches Gesicht.

Kein Atem. Nur etwas Zähes, Kaltes. Es verschloss seine Nase, seinen Mund, senkte sich unerträglich schwer in ihn, füllte ihn aus.

»Misch dich nicht in Angelegenheiten, von denen du keine Ahnung hast!«

Die donnernde Stimme schlug Stücke aus ihm.

»Kouki gehört in meine Welt, und wenn ich ihn verstoße und der Einsamkeit preisgebe, dann kannst du es nicht verhindern.«

Bernsteinfarbene Augen. Sie waren so schön. Wie die von dem Fuchs.

»Schwimm in deiner eigenen, bis dich die Kraft verlässt.«

Warum war er in seiner Wohnung gewesen? Hatte er sich mit Kouki zusammen rein geschlichen?

»Und dann ertrinke in ihr.«

Das Tier hatte Hunger. Im Flur die Einkaufstüte mit den Dosen. Er hätte ihm helfen können. Kouki auch. Jungen wie er sollten sich nicht in Kellerschränken verstecken müssen. Nackt schon gar nicht. Das konnte nichts Gutes bedeuten. Er war nicht erst seit gestern auf der Welt. Er wusste, wie solche Dinge liefen. Plötzlich verlor jemand den Halt und fiel zu tief, um jemals wieder von irgendwem aufgefangen werden zu können.

Konnte er Kouki auffangen?

»Auf was wartest du?« Der Magier beugte sich zu ihm herab. »Stirb.«

Dann war Kouki allein mit Haku.

»Ich bin sein Herr«, presste er durch die erstarrende Masse in sich hervor. »Ich will ihn für mich.« Ihn und den Fuchs. Beide brauchten Hilfe, beide hatten wunderschöne Augen und Hunger und weder Haku noch der Jäger noch Romanowski durften ihnen wehtun.

Haku lachte, bis dicke Eisplatten rissen und stückweise von den Wänden krachten. »Du hast nie jemanden in deinem Leben gewollt!«

Doch, seine Mutter, früher. Bis er bemerkt hatte, dass das keine gute Idee war. Allein zu sein bedeutete, weniger Menschen, die einen verletzten, weniger Urteile, weniger Enttäuschung, weniger hochgezogene Brauen, weniger eisiges Schweigen, weniger Schmerz.

Weniger Nähe, weniger Sichsorgendürfen, weniger gemeinsames Einschlafen, weniger gemeinsames Aufwachen, weniger Liebe.

Ich will Kouki. Er musste es aussprechen, dem alten Magier ins Gesicht brüllen.

Er fühlte seine Lippen nicht mehr, auch nicht seine Zunge.

Ich will ihn für mich und du wirst ihm nie wieder etwas antun!

Es war so verdammt schwer, die Gedanken auf Kurs zu halten, wenn einem das Herz zerquetscht wurde.

Kouki?« Warum klang Theo so besorgt? »Geht es dir gut?«

Nein, es ging ihm furchtbar. Ein Traum stand in der Zimmerecke. Er sah aus wie Haku.

Dann war er böse.

»Bin ich wach, oder stecke ich noch in meinem Albtraum?« Theo nahm ihn an den Schultern, zog ihn hoch. »Sag mir die Wahrheit.«

»Ein Traum-im-Traum Traum?«

Theo nickte.

»Vielleicht träumen wir beide.« Solange dieser Schatten in der Ecke stand, war gar nichts sicher.

»Scheiße, Mann.« Theo fuhr sich durchs Haar. »Mir flattern die Nerven.«

Er sah wirklich blass und zittrig aus.

Kouki nahm Theos Hände, hielt sie fest. »Besser?«

Er nickte.

»Von was hast du geträumt?« Es musste furchtbar gefährlich und anstrengend gewesen sein. Ein Mann, stark und groß wie Theo, zitterte nicht wegen 0815 Albträumen.

Theo atmete ganz tief ein, entließ die Luft anschließend in einem einzigen, großen Seufzen. »Ist zu gruselig, um es zu erzählen.«

Dann war es der Traum, der immer noch in der Ecke stand und sie aus böse funkelnden Augen beobachtete.

»Ich könnte jetzt deinen Puschelschwanz vertragen«, sagte Theo leise. »Überall an mir. Hauptsache er streichelt dieses schreckliche Gefühl weg.«

Der erste offizielle Auftrag seines neuen Herrn.

Koukis Brust wurde doppelt so breit.

Er rutschte ganz dicht an Theo heran, ließ den Fuchsschwanz über Theos nackten Schenkel gleiten, schlang ihn ein wenig um seine Hüfte, und fuhr schließlich an den Seiten hinauf bis zur linken Achsel. Dasselbe von vorn, nur von oben nach unten.

Der Traum wandte sich um, glitt langsam durch die Wand.

Schon fühlte er sich besser.

Theo ging es offenbar ebenso. Er atmete auf, lehnte sich ans Kopfende und wirkte von jetzt auf gleich entspannter.

»Gefällt dir, was ich mache?«

»Ja«, sagte sein neuer Herr leise. »So sehr, dass es fast zu viel ist.«

»Dann heb dir den Rest doch auf.« Seine Schwanzspitze war an Theos Bauch angekommen und zog kleine Kreise um den Nabel. »Für Zeiten, in denen du zu wenig hast.« Ein Vorrat an Gutem war nie verkehrt.

Graublaue Augen sahen ihn an. Klar wie der Himmel an einem Wintertag. Trotzdem zauberte ihr Blick Wärme in ihn. Sehr viel Wärme.

Theo neigte sich zu ihm, immer näher, bis seine festen Lippen Koukis berührten und sich plötzlich unendlich sanft anfühlten.

Er war noch nie geküsst worden. Nicht so, nicht auf den Mund, nicht mit so viel Zärtlichkeit. Vielleicht war es wirklich ein Traum. Dann war es besser, er hielt ganz still, um ihn nicht zu vergraulen. Wundervolle Träume waren selten und scheu. Ein falsches Wort, eine falsche Bewegung oder auch nur ein falscher Gedanke und sie flohen und ließen einen allein zurück.

Theo seufzte in die Liebkosung, legte seine warmen, großen Hände an Koukis Wangen, und küsste ihn drängender.

Stillhalten ging nicht mehr. Es war zu verlockend, mitzuküssen. Nur ein wenig. Vielleicht war der Traum mutiger als die anderen und würde trotzdem dableiben.

Er blieb. Zusammen mit Theos Händen, seinem Duft und der Zungenspitze, die sanft zwischen Koukis Lippen entlangfuhr.

Kouki rutschte näher zu ihm, kletterte auf seinen Schoß. Es lag bestimmt an der Bewegung, dass sich Theos Zunge plötzlich in seinem Mund schlängelte und Koukis streichelte.

Oh ja, das hier war schön. Das Schönste, das er je erlebt hatte und es durfte bitte, bitte nicht aufhören.

Theos Hände fuhren ihm in die Haare, zogen ihm den Kopf in den Nacken. Gerade so fest, dass es noch nicht wehtat und sich auf eine verwegene Art gut anfühlte. Ebenso wie die Küsse. Sie wurden immer ungestümer.

Kouki klammerte sich an die breiten Schultern, dabei war das nicht nötig. Theo hielt ihn. Er wusste nicht, wie, aber wohin er auch in seinen vor Lust vibrierendem Körper horchte, überall spürte er feste, verlässliche Geborgenheit.

Das Fenster war mit Eisblumen überzogen. Sie verschwanden hinter den Wolken, die mit jedem Atemzug aus seiner Nase strömten.

Eine schneebedeckte Ebene, ein Hügel am Horizont. Daneben ein Wald. Die Stämme glitzerten wie die Blumen an der Scheibe.

Das war nicht sein Schlafzimmer.

Theo drehte sich auf die andere Seite.

Nicht mehr ganz weiße Raufasertapete mit Tesafilmresten und der Reißzwecke, die irgendwann irgendetwas an die Wand gepinnt hatten, was vermutlich längst nicht mehr existierte.

Das war sein Schlafzimmer.

Theo setze sich auf. Die Winterlandschaft war verschwunden.

Oh Mann, die heftigste Nacht seines Lebens und das an beiden Enden der Messlatte. Ohne Kouki wäre er nach dem Albtraum nicht mehr eingeschlafen. Wenn er an Hakus schwarze Augen dachte, rannen ihm jetzt noch Eisschauder den Rücken hinab.

Wo steckte der überhaupt?

»Kouki?«

Stille.

Theo schlug die Decken zurück.

Was für eine Sauerei.

Wie war das? Kouki wollte jede Nacht in seinem Bett schlafen?

Nur zu.

»Kouki?« Vermutlich war er im Bad.

Da sollte er ebenfalls hin. Dringend.

Er angelte nach Pullover und Socken, zog beides in Windeseile an, bevor er auch nur einen Fuß auf den kalten Boden stellte.

Eigenartig. Der erwartete Schauder blieb aus. Auch das Frösteln bis in die Knochen. Im Gegenteil, ihm war angenehm warm. Vor allem in seinem Bauch und eine Etage tiefer.

Kein Wunder bei dem, was Kouki mit ihm angestellt hatte. Er spürte die kleine, raue Zunge jetzt noch auf sich. Ganz besonders an seinem persönlichen Freund, der sich allein wegen der Erinnerung daran regte.

Und das nach einer Nacht wie dieser.

Machte Spaß, noch vor dem ersten Kaffee zu grinsen.

Sie würden zusammen frühstücken. Ganz klassisch und das an einem Sonntag. Der Tag, den er bisher am meisten gehasst hatte. Zu wenig sinnvolle Ablenkungen wie Arbeit. Zu viel Zeit, alleinzusein und die falschen Gedanken zu denken.

Er war nicht mehr allein. Er würde sich jederzeit Kouki schnappen können. Um ihn zu umarmen, zu vögeln oder zu küssen.

Früher war er nie scharf aufs Küssen gewesen. Es war ihm immer zu nass und zu wühlend vorgekommen.

Letzte Nacht hatte er selbst gewühlt. In Koukis süßem Mund. Der Junge küsste sich prima und genau so küsste er auch zurück.

Er vögelte sich auch prima.

So eng, so heiß und drängend und überhaupt dieser niedliche kleine Hintern.

Was er gestern Nacht mit Kouki erlebt hatte, ließ alles andere blass aussehen.

Noch ein bisschen und das Grinsen würde seine Ohrläppchen streifen.

Morgen musste er der Vermieterin Bescheid geben, dass sie die Wohnung von nun an zu zweit bewohnten. Und er musste Kouki etwas Vernünftiges zum Anziehen kaufen. Diese hässlichen Containersachen gingen …

Wo waren sie?

Der Flur war erstaunlich ordentlich. Keine Hose, kein scheußlicher Pullover, nicht einmal die unförmigen Turnschuhe lagen herum.

»Kouki?« Immer noch keine Antwort.

Es war zu still in der Wohnung.

Das Gefühl, dass etwas ganz und gar nicht stimme, kroch ihm über den Rücken.

Die Einkaufstüte war weg. Drei Dosen hätten noch drin sein müssen.

Nein, unmöglich. Er war im Supermarkt gewesen, hatte sie danach dort abgestellt und gestern eine für Kouki geöffnet.

In der Küche.

Plötzlich hatte er Blei in den Beinen.

Die Küchentür stand offen. Er musste nur durchgehen und auf den Tisch sehen. Da würde ein Nachtischschälchen mit einem Wasserrest und ein verschmierter Teller stehen. Zusammen mit Lottes leerer Plätzchendose. Es konnte nicht anders sein. Er war schweinemüde gewesen und ins Bett gefallen. Nie und nimmer hatte er die Küche aufgeräumt, das wüsste er.

Die Dose. Leer mit ein paar Krümeln drin.

Kein Grund zum Aufatmen. Sie war das Einzige, was auf dem Küchentisch stand. Keine Spur von Koukis Katzenfuttermahl.

Sein Gehirn zerrte die vergangenen Tage hervor, während ihm kalter Schweiß ausbrach.

Der Traum-im-Traum Traum.

Nein, bitte nicht!

Ab wann? Bevor er Kouki getroffen hatte oder danach?

Und der Fuchs? Auch nur geträumt?

Das angeknabberte Päckchen im Treppenhaus. Es war real. Der Beweis stand vor ihm. Er hatte es in die Wohnung gebracht, auch das stimmte.

Und dann?

Er war wieder runtergegangen, hatte den Fuchs hinter dem Müllcontainer entdeckt. Die Joggingrunde, die Arbeit in der Butze, der Supermarkt, wo er die Dosen gekauft hatte. Dann der Jäger und Romanowski.

Im Keller wäre ein Fuchs. Jänickes Angst, dass sie ihn erschießen könnten.

Hatte er die Tüte bei ihr stehenlassen?

War er überhaupt im Keller gewesen?

Die alte Küchenanrichte, das Bein darin. Der nackte Junge, diese komplett verrückte Geschichte mit Haku und plötzlich war ein Fuchs aus seiner Wohnung gerannt.

Gestern hatte es einen Moment gegeben, in dem er sicher gewesen war, das alles geträumt zu haben.

Nein, Schwachsinn!

»Kouki!«

Das Handy vibrierte auf dem Küchentisch.

Lotte.

Jemand hatte ihm den Boden unter den Füßen weggezogen und er sollte mit seiner Uroma telefonieren?

Das beschissene Vibrieren hörte nicht auf.

»Was ist?«, bellte er ins Mikro, statt es an die Wand zu schmettern.

»Theo?«

Vielleicht sollte er zum Arzt gehen, sich durchchecken lassen.

Er ging nie zum Arzt.

Bis jetzt war er auch nie verrückt gewesen.

»Wegen der Sache mit den Zimtsternen«, donnerte sie ihm ins Ohr. »Da muss ich dir was gestehen. Setz dich hin. Das ist besser.«

Seine Beine gaben nach. Es hatte nichts mit Lottes Befehl zu tun.

»Ich hatte zu wenig Zucker«, erklärte Lotte viel zu kleinlaut für ihre Verhältnisse. »Ich wollte nicht mehr rausgehen. Wegen meiner Hüfte und weil es draußen geregnet hat und dann tut sie immer besonders …«

»Komm zum Punkt.« Er starrte auf die letzten Krümel. Keine Chance, den Blick abzuwenden.

»Na ja, also habe ich alle Schränke durchsucht und tatsächlich fand ich noch was von diesem braunen, groben eklig klebrigem Biozucker, den Izmir vor Ewigkeiten für mich eingekauft hat. Der macht so was, wenn ich ihn bitte, weißt du? Bevor er in den Discounter fährt, fragt er mich immer, ob ich etwas brauche und damals war es eben Zucker und weil er auf Bio steht, hat er dieses braune Zeug angeschleppt. Ich hatte nicht so genau auf die Tüte geachtet. Mir fiel nur auf, dass sie ein bisschen schmucklos aussieht, so mit dem nackten Plastik ohne Etikett, aber das Ding hätte ja auch abgefallen sein können. Heutzutage hält doch alles bloß von zwölf bis mittag und …«

»Lotte!«

»Ich habe den Zucker verbacken. In deinen Plätzchen.« Sie holte so tief Luft, dass es zischte. »Jedenfalls dachte ich das.«

»Es war kein Zucker gewesen.« Verdammt.

»Stimmt, aber das bemerkte ich erst, als ich mir den Rest auf den Vanillepudding gestreut habe. Das war kurz nach unserem letzten Telefonat.« Wieder dieses laute Atmen. »Junge, ich kann dir sagen, bei mir ging's echt ab.«

Seine Kehle war staubtrocken. »Was genau verstehst du unter *abgehen*?«, würgte er hervor. »Dinge sehen, die nicht da sind?«

»Auch.«

»War ein Fuchs dabei?« Nur ein Versuch.

»Dicht dran. Aber der Elch hat mir gelangt.«

Ein Elch.

Theo musste schlucken. »Was genau hat der Elch gemacht?« Nein, er wollte es nicht wissen. »Vergiss die Frage.«

»Die hätte ich dir auch nicht beantwortet.« Ihr raues Lachen klang hilflos. »Aber als ich mich wieder zusammengepuzzelt hatte, war es Mitternacht, dabei dachte ich, ich hätte mich bloß zu einem kleinen Nachmittagsschläfchen hingelegt. Ich bin dann gleich zu Herrn Izmir rüber und hab den aus dem Bett geklopft. Der hat sich die Tüte mit den Krümeln wirklich ganz genau angesehen und mich dringend gebeten, den Vorfall zu vergessen und mit niemandem darüber zu reden. Ich habe ihm dann gestanden, dass du die Ausnahme sein würdest, immerhin hättest du dich nach der ersten Runde Plätzchen auch recht seltsam gefühlt. Woraufhin er nach Luft schnappte und mir tatsächlich die Frage stellte, ob du vertrauenswürdig wärst und ob ich ihm deine Adresse nennen könnte.«

»Hast du?« Izmir war ein Drogenhändler. Nicht zu fassen, das hätte er dem freundlichen Familienvater niemals zugetraut. Der Happen mit dem Hasch auf dem Balkon war schon schwierig zu schlucken gewesen, aber das hier, klang nach einem ganz anderen Kaliber.

»Nein, natürlich nicht«, fauchte Uroma. »Denkst du, ich wäre naiv?«

Theo blähte die Wangen.

Aus dem Hausflur drang dumpfes Poltern. Dazwischen mischten sich Männerstimmen und jede Menge Schnaufen und Fluchen.

»Dem sein Bruder kommt mir nicht koscher vor«, übertönte Lotte den Lärm. »Der hat gleich zum Autoschlüssel gegriffen, bevor ich Izmir antworten konnte. Als er dann auch noch eine Rolle Panzerband einsteckte, hielt ich es für schlauer, den Mund zu halten.«

»Gut gemacht.« Er musste umziehen. Sicher war sicher.

Die Geräusche im Treppenhaus wurden lauter.

Was zum Teufel war da los?

»Bist du noch da?«, brüllte Lotte ins Handy.

»Ja.« Mehr oder weniger. »Wie geht es dir?« Die Frage hätte er früher stellen sollen.

»Prima«, sagte sie vergnügt. »Wenn sich Izmir wieder beruhigt hat, frag ich ihn, was das für ein Zeug war. Es zieht auf jeden Fall besser rein als das popelige Kraut, was ich sonst von ihm bekomme.«

Mit dem nötigen Abstand betrachtet, war seine Zeit im Gefängnis kein Schicksalsschlag, sondern eine logische, seit frühester Kindheit absehbare Folge seiner familiären Verhältnisse.

»Oma, lass die Finger davon. So was ist extrem gesundheitsschädlich und kann ganz üble Spätfolgen …«

»Junge, ich bin siebenundachtzig.«

»Dreiundneunzig.« Es polterte immer noch.

»Bis sich bei mir irgendwelche Folgen verspäten, liege ich längst unter der Erde, aber bis dahin mache ich es mir kuschlig.«

»Lotte!« Verdammt noch mal!

»War ein Scherz.« Sie kicherte wie ein junges Mädchen. »Die Sache mit dem Elch hat mir meine Grenzen aufgezeigt.«

Er widerstand dem Impuls, sich das Ohr zuzuhalten.

»Was ist mit dir? Alles wieder paletti?«

»Ich habe die Nacht mit einem jungen Mann verbracht, der sich in einen Fuchs verwandeln kann.« Jetzt lachen können. Das wär's gewesen.

»War das bevor oder nachdem du die Plätzchen gegessen hast?«

»Danach.«

»Na dann mach dir nicht zu viele Gedanken. Nächstes Jahr backe ich dir eine Stolle. Da ist nur Mohn drin. Das merkst du gar nicht.«

»Ist gut. Danke für den Anruf.« Der perfekte Moment, um erleichtert aufzuatmen.

Sein Herz war zu schwer. Tonnen an Steinen lagen darauf.

»Kein Ding. Und Theo?«

»Ja?«

»Frohen vierten Advent!«

»Danke, dir auch.« Er warf das Handy auf den Tisch, fühlte sich seltsam schwach.

Zum ersten Mal in seinem Leben verliebte er sich bis über beide Ohren, und dann erklärte ihm Lotte, dass sie den Zucker mit irgendeinem krass wirkenden Zeug verwechselt hat.

Ein Trip. Das war ihm seit Jahren nicht passiert und noch nie so heftig und schon gar nicht wegen ein paar Weihnachtsplätzchen.

Die Enttäuschung drückte ihm den Brustkorb zusammen.

Vielleicht war es auch Traurigkeit.

Er stand auf, ging zum Fenster und öffnete es. Kalt oder nicht, er brauchte frische Luft.

Im Hof stapelten sich ein paar Umzugskisten und jede Menge verschnörkelter Lackmöbel. Einer der Packer wuchtete zwei Kisten auf eine Sackkarre, der andere löste einen Tragegurt von einer Truhe.

Mitten drin stand Haku und sah zu ihm herauf.

Selbst hier oben spürte er den stechenden Blick der unnatürlich dunklen Augen.

Dem Mistkerl verdankte er den schlimmsten Traum seines Lebens.

Plötzlich kam Wind auf und ließ den langen weißen Bart flattern.

Der Japaner drehte sich um, eilte mit weiten Schritten zur Toreinfahrt und verschwand.

Als hätte ihn der Schatten geschluckt.

Der Kerl war tatsächlich ausgezogen.

Gut so. Ob er sich den Streit mit ihm eingebildet hatte oder nicht, der Mann war ihm von Grund auf unsympathisch. Nach letzter Nacht umso mehr.

Romanowski rauschte auf den Hof, donnerte die Packer an, dass sie das Treppengeländer zerkratzt und alles dreckig getreten hätten.

Für das Gezeter fehlte ihm der Nerv.

Er schloss das Fenster, drehte sich mit dem Rücken dazu und lehnte sich ans Sims. Vor ihm lag ein langer, einsamer Sonntag.

Nur ein Telefonat. Es hatte ihm alles, was ihm wichtig war, weggenommen.

Nein. Es hatte nicht existiert. Keine Sekunde.

Nicht schwächeln. Auf die Knie zu gehen, bedeutete Kapitulation.

Kouki hatte vor ihm gekniet. Um die Scherben für ihn aufzusammeln. Er hatte sich dabei geschnitten.

Das war keine Kapitulation gewesen.

Was dann?

Es hatte Theo aus den bernsteinfarbenen Augen entgegengeleuchtet. Warum fand er kein Wort dafür?

Nicht darüber nachdenken. Er musste den Tag durchplanen. Das war wichtig.

Er könnte tanzen gehen. Das war ohnehin überfällig. Vielleicht ließ sich was Schnelles für die Nacht klarmachen.

Er wollte nichts Schnelles.

Duschen, Zähne putzen, anziehen. Keine Lust auf Rasieren, keine Lust auf Kaffee, was ein schlechtes Zeichen bei ihm war. Sein Körper fühlte sich fremd, seine Seele traurig und sein Verstand löcherig an.

Nur nicht hängenlassen. Nicht an einem Sonntag mitten im Winter. Das ging übel aus.

Um die Ecke hatte der Bäcker offen.

Er zog sich Schuhe und Jacke an und tat so, als ob es nichts Besseres als ein einsames Frühstück mit frischen Brötchen gäbe. Vielleicht schaffte er es, sich die Scheiße auf dem Weg hin und zurück schön zu reden.

Hakus Wohnungstür stand offen, dahinter gähnten Dunkelheit und Leere.

Die Packer hatten das Geländer tatsächlich verschrammt. Von oben bis untenhin.

Ole stand am Briefkasten und sortierte einen Stapel bunter Karten und Umschläge mit Glitzersternchen.

Das hatte ihm gerade noch gefehlt.

Als er Theo bemerkte, sah er auf. »Guten Morgen. Fein geschlafen?«

Was sollte das dämliche Grinsen?

»Ich stand so kurz davor zu dir hochzukommen.« Mit Daumen und Zeigefinger deutete er knapp zwei Zentimeter an. »Aber dann dachte ich mir, gönn dem Chauvi mal ein bisschen Spaß.«

»Keinen Schimmer was du meinst.«

»Ich rede von der Tatsache, dass du dich stundenlang durch die Nacht gevögelt hast.«

Seine Träume. Offenbar war er laut dabei gewesen, wenn es Ole mitbekommen hatte. »Handmade. Kein Grund für Neid.« Doch, war es.

Ein Traum. Punkt.

Die Enttäuschung verschloss ihm die Kehle.

Ole ließ die Hand mit den tausend Briefen sinken. »Handmade?« Er lachte trocken. »Und wer war der Kleine, der ständig *bitte nimm mich Herr, oh ja, tiefer, schneller* gekeucht hat?«

Dieses verdammte Summen setzte wieder ein.

»Ich hätte dir ja eine Menge zugetraut, doch nicht diese Nummer.« Ein anzüglicher Blick glitt an ihm hinab. »Noch dazu mit einem Mann. Für einen Moment war ich versucht, zu fragen, ob ich mich dazugesellen darf. Ich steh zwar nicht auf Dominanzspielchen, aber Dreier sind was Feines.«

»Du hast jemanden gehört?« Das war unmöglich.

»Und ob.«

»Bist du sicher, dass nicht ich das gewesen bin?«

Ole hob die Brauen. »Warum solltest du beim Wichsen deine Stimme um zwei Oktaven höherschrauben?«

»Keine Ahnung.« Vielleicht war er schizophren und hatte es bisher nie bemerkt.

»Es könnte auch eine Frau mit tieferer Stimme gewesen sein.« Er zuckte mit den Schultern. »Oder ein Transmann, bei dem die Transformation …«

»In einen Fuchs.«

»Bitte?«

»Er kann sich in einen Fuchs transformieren.«

Ole blähte die Wangen. »Wow. Dann stehst du also auf diesen Haustierkram.«

»Ein Fuchs ist kein Haustier.« Er war frei. Ohne Leine.

Ole hob beide Hände. »Wie auch immer. Ihr hattet Spaß. Das ist das Wichtigste.«

Kouki war da gewesen. Warum war er jetzt weg?

Der Keller!

Er rannte die Treppe hinab, hetzte in den Kohlenkeller. Die modrige Anrichte stand mit offenen Unterschrankklappen da, aber von Kouki keine Spur.

Wieder hoch, raus zum Müllcontainer.

Kein Kouki, kein Fuchs.

»Theo.« Ole kam zögernd zu ihm. »Du wirkst auf mich ein bisschen neben der Spur. Hast du dir was eingeworfen?«

»Ja, aber das hat nichts damit zu tun.« Er schob ihn beiseite, wollte an ihm vorbei nach oben.

Ole hielt ihn fest. »Sicher?«

»Uromas Plätzchen hatten es in sich, aber du hast Kouki gehört, also war er da, oder?«

»Kouki?« Ole lächelte. »Was für ein schöner Name.«

»Ich glaube, er ist Japaner.« Und ein Hilfsgeist.

»Kouki bedeutet Glück und Hoffnung.«

Ja, das tat er allerdings.

Theo ließ Ole stehen, rannte die Treppe wieder hinauf.

»Kouki?«, rief er in die Wohnung, noch bevor der Schlüssel steckte. »Kouki!«

Die verdammte Einkaufstüte. Wie konnte einem etwas ins Auge springen, das nicht da war?

Das Badezimmer war leer, die Küche ebenfalls.

In seinem Zimmer schwieg ihn Stille an.

Verdammte Scheiße! Er bildete sich das doch nicht ein! Sie hatten sich die halbe Nacht in diesem verfickten Bett geliebt und jetzt war es leer? Was auf dem Laken klebte, stammte niemals von ihm allein.

Er schnappte sich die Decken, riss sie vom Bett.

Etwas Rostrotes fiel heraus, plumpste auf den Boden und sprang auf alle vier Pfoten.

Kouki!

Erschrocken rannte der Fuchs an ihm vorbei aus dem Zimmer.

»Warte!«

»Du hast gesagt, du schleuderst mich nicht raus!«, schimpfte es sehr menschlich aus dem Flur. »Weder aus Absicht noch aus Versehen, und das eben war Absicht gewesen! Ich hab's genau gemerkt!«

Kouki saß mit dem Rücken an der Tür, funkelte ihn wütend an. Sein Puschelschwanz zuckte ärgerlich, seine Ohren lagen dicht an. Der Rest von ihm war ein Mensch, wenn auch ein fuchsteufelswilder.

Theo war in zwei Riesenschritten bei ihm, sank vor ihm auf die Knie und zog ihn in seinen Arm.

»Lass mich los!«, fauchte Kouki, als wäre er immer noch ein Fuchs. »Du hast dein Versprechen gebrochen!«

»Aus Notwehr.« Der Kleine konnte zappeln, wie er wollte. Er würde ihn nie wieder loslassen. »Ich dachte, ich hätte dich mir nur eingebildet.« Das wäre furchtbar gewesen.

»Wieso das denn?«, knurrte es aus den Tiefen seines Pullovers, während der Schwanz wütend die Luft peitschte.

»Wegen der Sache mit den Zimtsternen.« Nicht nur. »Und weil ich das Dosenfutter und deine Anziehsachen nicht mehr gefunden habe, und die Küche war auch aufgeräumt.«

Er kämpfte sich frei, sah ihn streng an. »Ich informierte dich wiederholt und detailliert darüber, dass ich ein Hilfsgeist bin.«

»Kouki, du hast mir gestern so viele wilde Sachen erzählt, mir schwirrt jetzt noch der Kopf davon.« Sein Füchschen war wieder da.

Unter seinen Lidern begann es mächtig zu drücken.

»Nachdem du in mir eingeschlafen bist, musste ich mich vorsichtig von dir freiruckeln, um meinen Job erledigen zu können.« Kouki schnaufte ungeduldig. »Ich bin aus dem Bett geschlichen, habe aufgeräumt, das Geschirr abgewaschen, die Dosen in deiner übrigens furchtbar leeren Vorratsschublade verstaut und meine Sachen in den Rucksack und den in deinen Kleiderschrank gestopft. Danach war ich so müde, dass ich mich unter den Decken zusammengerollt und geschlafen habe, bis du mich entgegen deines Versprechens genau da rausgeschüttelt hast.« Der Schwanz zuckte immer heftiger.

»Warum hast du das gemacht?« Sie hätten nach dem Frühstück zusammen aufräumen können, wie sich das gehörte.

»Weil ich dir beweisen wollte, dass du die beste Entscheidung deines Lebens getroffen hast!«

»Welche Entscheidung?« Es fiel ihm schwer, sich trotz des hektischen Hin und Hers der weißen Schwanzspitze zu konzentrieren.

Bedrohlich langsam sanken die Lider über die wutfunkelnden Augen, bis nur noch ein schmaler Schlitz übrig blieb. »Ab jetzt und für immerdar. Du hast es geschworen.«

Ja, hatte er.

»Das war kein Scherz, Theo Hanke.«

Er hatte nie etwas ernster gemeint.

Die vor Empörung festen Lippen schmeckten so lecker wie letzte Nacht. Theo küsste sie, bis sie anschmiegsam und weich wurden und sich Kouki in seinem Arm entspannte. Nur der Schwanz gab keine Ruhe.

Theo fing ihn ein, ließ ihn langsam durch seine Hand gleiten.

Dieses Puschelding war unglaublich sexy.

Ein Epilog?

Nur die Beule unter den Decken verriet, dass er nicht allein im Bett war.

Er legte für einen Moment die Hand darauf, spürte Koukis tiefes, gleichmäßiges Atmen. Wahrscheinlich hatte er sich wieder so fest eingerollt, dass er kaum ohne Hilfe herausfand.

Sie hatten den Heiligabend zusammen verbracht. Genau hier, im Bett. Sie hatten einander so viel geschenkt, dass sich Theo ausgelaugt, aber auch entspannt und glücklich wie noch nie fühlte. Alles an und in ihm war zufrieden. Ein neues, komplett ungewohntes Gefühl.

Er liebte es.

Der perfekte Start in einen seinethalben auch trüben und verregneten Weihnachtstag.

Theo streckte sich, bis sein Rücken auf angenehme Weise knackte, zog sich Socken und Pullover an und, tappte durch den schweinekalten Flur zum Bad. Nicht eine Sekunde verließ ihn das satte Grinsen. Sogar das Bedürfnis, Romanowski zur Hölle zu wünschen, blieb aus. Mit Kouki an der Seite wäre die kälteste Nacht gemütlich.

Auf dem Weg in die Küche grinste er immer noch. Auch, als er Wasser für den Kaffee aufsetzte.

Ein komisches Gefühl, glücklich zu sein. Es begann in seinen Wangen zu schmerzen, was ihn kein Stück störte. Nicht einmal das Brummen seines Handys änderte das.

Uroma.

»Frohe Weihnachten!«, schrie sie ihm motiviert ins Ohr. »Wann kommst du? Die Gans braucht ihre Zeit und ich will das fette Ding nicht erst wieder um acht essen. An so was sind Leute schon gestorben.«

Der Weihnachtsbesuch! Den hätte er glatt vergessen.

Aus dem Schlafzimmer drangen leise Grunz- und Schnüffelgeräusche. Offenbar wachte Kouki gerade auf.

Er konnte ihn unmöglich einen ganzen Tag alleinlassen. Es war Weihnachten, was Romanowski nicht daran hindern würde, wegen eines aus Versehen in einen Fuchs verwandelten jungen Mannes die Kavallerie zu rufen.

Außerdem würde er Kouki jede Sekunde vermissen.

»Uroma?« Es gab nur eine Lösung.

»Oma oder Lotte«, knurrte Uroma. »Wir haben das geklärt.«

»Lotte, kann ich jemanden mitbringen?«

»Oh!«, flötete sie in einer für sie ungewöhnlich hohen Tonlage. »Du hast es endlich geschafft, eine Freundin zu finden!« Ihr hingerissenes Seufzen klang ebenso fremd. »Dass ich das noch erleben darf!«

Wie viel Wahrheit ertrug eine Dreiundneunzigjährige, die behauptete siebenundachtzig zu sein und aus prophylaktischen Gründen kiffte?

»Theo, du schweigst zu lange.«

»Es ist eher ein Freund als eine Freundin.« Seine Handflächen wurden feucht. Er war tatsächlich nervös.

»Oh.« Dieses Mal klang es enttäuscht. »So einer, wegen dem ich das Silber verstecken muss?«

»Du hast kein Silber.«

»Na bloß gut.«

»Nein, so einer ist es nicht.« Solche Freunde gab es in seinem Leben nicht mehr. »Es ist …«

Tief Luft holen.

Es brachte rein gar nichts. Sein Herz schlug doppelt so schnell und sein Kopf fühlte sich an, als würde er nie wieder einen vernünftigen Gedanken hervorbringen.

»Theo, lass die Katze aus dem Sack. Ich bin zu alt für Ratespielchen.«

»Es ist ein Fuchs.« Verdammt. Er biss sich auf die Lippen, was definitiv zu spät geschah.

»Ein was?«, brüllte Uroma und löste ein Piepsen in seinem Ohr aus. »Sprich lauter! Ich versteh kein Wort!«

»Es ist *mein* Freund«, schrie er zurück. »Ich habe mich in einen Mann verliebt und würde ihn dir gern vorstellen.«

Während es am anderen Ende schwieg, tauchte Kouki im Türrahmen auf. Die Haare wundervoll verstrubbelt, die Ohren darin jedoch angelegt.

»Was ist los?«, fragte er leise und in seinen Augen steckte zu viel Angst für einen bis eben noch wundervollen Morgen. »Warum schreist du?«

»Meine Uroma ist schwerhörig«, flüsterte er zurück. »Alles okay, kein Problem.«

»Und ob das ein Problem ist«, fauchte ihm Lotte ins Ohr. »Das und alle anderen Zipperlein, die das Alter mit sich bringt.«

Sie hatte ihn verstanden?

»Warum ein Mann? Gibt es keine Frauen in deinem Viertel?«

»Doch, aber die können Kouki auf keinem Gebiet das Wasser reichen.« Er streckte die Hand nach ihm aus.

Kouki nahm sie, ließ sich in seinen Arm ziehen und schmiegte sich an ihn. »Was ist, kann ich ihn mitbringen?«

»Meinetwegen.« Lotte seufzte. »Aber sieh zu, dass er nicht Izmirs Bruder über den Weg stolpert. Der poppt auch lieber mit Männern.«

»Ist das der mit dem Panzerband?«

»Genau.«

Theo schluckte. »Danke für die Warnung.« Er würde den Kerl keinen Schritt in Koukis Nähe lassen.

»Wann kommt ihr denn jetzt? Weder die Gans noch ich werden frischer.«

»Gleich nach dem Frühstück.« Tonnenweise Steine fielen ihm vom Herzen. Alles würde gut werden, Kouki musste nur die Kapuze seines Pullovers auflassen und sich den Schwanz am besten um den Bauch binden. Der durfte auf keinen Fall unter dem Pulli rausrutschen.

»Das ist seit zwei Stunden vorbei«, stellte Lotte fest. »Also schwingt euch in die U-Bahn.« Sie legte auf.

Kurz nach zehn.

»Ab ins Bad. Wir haben's eilig.« Theo drückte einen Kuss zwischen die beiden mittlerweile wieder aufgestellten Ohren. »Duschen, anziehen, und dann geht's ab zu Uroma.«

Kouki zuckte zusammen, sah ihn erschrocken an. »Was?«

»Keine Angst, sie beißt nicht.« Das gaben ihre Zähne nicht mehr her.

»Ich soll duschen?« Kouki schien in seinem Arm zu schrumpfen. »So richtig mit Wasser und Seife?«

Drollig.

»Yepp.« Er schob ihn Richtung Badezimmer. »Tu nicht so, als wäre eine Dusche der Weltuntergang.«

Kouki stemmte sich mit beiden Händen gegen den Türrahmen. »Ich hasse Wasser!«, fauchte er. »Wozu soll ich duschen? Ich bin sauber!«

»Nein, bist du nicht.« Er pflückte ihn ab, trug ihn über die Schwelle. »Nach einer Nacht wie der letzten ist das unmöglich.« Die Erinnerung ließ es nicht nur in seinem Bauch kribbeln.

Kouki begann hektisch in Theos Armen zu zappeln. »Bitte, du musst mir glauben. Das ist bei mir was anderes. Ich komme prima ohne solche Dinge wie Duschen und Wasser klar. Allein mein Schwanz bräuchte ewig, um wieder zu trocknen. Bis dahin ist deine Uroma zusammen mit der Gans schon …« Er presste die Lippen aufeinander, senkte schuldbewusst den Kopf.

»Ich föhne ihn dir trocken. Das geht ganz schnell.« Wie konnte man sich bloß so anstellen?

Kouki kämpfte sich frei, baute sich mit hochgerecktem Kinn vor ihm auf. »Findest du, dass ich stinke?«

Theo schnupperte. »Nein, du riechst lecker.« Dieser Duft machte ihn ganz wuschig.

Kouki hob eine Braue.

»Darum geht es nicht.« Hatte er wirklich noch nie unterm Wasser gestanden? »Erstens hat es etwas mit Hygiene zu tun und zweitens mit Kultur.« Beides hatte Theo oft genug verloren, um seine Bedeutung zu unterschätzen. »Also los.« Sicherheitshalber hielt er ihn am Handgelenk fest, während er das Wasser aufdrehte. »Außerdem macht es mir Spaß, dich abzuschrubben.«

»Das weißt du doch gar nicht«, fauchte Kouki. »Du hast es noch nie gemacht!« Seine Ohren verschwanden flach in den Haaren.

»Dann lass es mich herausfinden.« Theo wollte ihn unter den heißen Wasserstrahl ziehen, aber Kouki blieb, wo er war.

Als wären seine Füße mit den Badezimmerfliesen verwachsen.

»Ich geh da nicht runter.« Das spitze Kinn schob sich vor, der sinnliche Mund wurde zu einem Strich. »Du kannst mich nicht zwingen.«

»Klar kann ich das.« Oh, war das fies. »Ich bin dein Herr, schon vergessen?«

Koukis Augen wurden riesig.

»Ich, Theo Hanke, bin ab jetzt und für immerdar dein Herr und Meister und werde dich in meinen Diensten fördern und fordern bei allen Dingen, die ich von dir verlange.« Ein Minimum an Körperhygiene gehörte dazu.

Kouki senkte den Kopf, während er die Schultern etwa um dasselbe Maß hob. »Ich hab's vergessen.«

»Was denn?«

»Dass ich dein Hilfsgeist bin und du mein Herr.« Er ließ Ohren und Schwanz hängen. »Wie konnte mir das passieren? Es tut mir so leid.«

»Das muss es nicht.« Er zog ihn in den Arm, hielt ihn fest. »Ich hätte dich nicht daran erinnern dürfen. Vergiss es einfach noch mal.«

»Geht nicht.«

»Diese Herr-Hilfsgeist-Sache ist mir überhaupt nicht wichtig. Das weißt du doch.«

»Aber mir ist sie wichtig!« Kouki sah ihn empört an. »Ich *bin* ein Hilfsgeist und dass du mein Herr bist, rettet mich vor Haku!« Er holte tief Luft. »Dich übrigens ebenfalls!«

Da war was dran. Auch wenn sich sein Verstand nach wie vor weigerte, den Kampf mit dem Magier als etwas tatsächlich Geschehenes zu akzeptieren. Die Möglichkeit mit den Haschplätzchen war einleuchtender.

Lotte pfiff wahrscheinlich schon auf dem Kochlöffel. Für komplizierte Grundsatzdiskussionen fehlte ihm die Zeit. Wozu sollten die gut sein? In den vergangenen Tagen hatte Kouki kein einziges Mal den Hilfsgeist raushängen lassen und mit *Herr* hatte er ihn ausschließlich beim Sex angesprochen und das nicht einmal direkt. Es war eher ein sehnsüchtiges Stöhnen gewesen. Manchmal auch ein forderndes Keuchen.

Koukis Kinn ragte immer noch nach schräg oben.

»Wie wär's mit einem Deal?« Irgendwie musste er Kouki von der Palme schütteln.

»Hat es wieder etwas mit essen zu tun?«

»Nein, dieses Mal nicht.«

»Okay«, sagte er kleinlaut. »Lass hören.«

»Offiziell sind wir, was wir sind.«

»Herr und Hilfsgeist.«

Himmel! »Ja.«

Kouki atmete auf, aber so richtig glücklich klang es nicht. »Und inoffiziell?«

»Inoffiziell sind wir das, was wir sein wollen und kein alter Sack von Magier, kein besenschwingender Hausmeister und auch kein Jäger wird uns da reinreden. Einverstanden?«

Kouki neigte den Kopf. Unter seinem Wuschelpony ragten Falten hervor. »Aber was genau sind wir denn inoffiziell?«

»Zwei seltsame Typen, die einander lieben und sich ganz dringend brauchen.« Auf welche Weise auch immer.

Kouki holte so tief Luft, dass Theo Angst bekam, der schmale Brustkorb würde platzen. Als er sich bereits das Knacken der Rippen einbildete, atmete Kouki wieder aus. Sehr, sehr lange. »Du brauchst mich?«

»Und wie.« Sein Herz fühlte sich doppelt so groß an, nur damit Kouki mit reinpasste.

»Einverstanden«, wisperte er schließlich und wischte sich flüchtig über die Augen.

Er weinte.

Das war das Letzte, was Theo gewollt hatte.

»Es tut mir leid. Vergiss, was ich gesagt habe.«

Kouki schüttelte wild mit dem Kopf. »Mit diesen Worten werde ich schlafen gehen und wieder aufwachen. Jeden Tag.« Es tropfte ihm immer noch vom Kinn. »So was Schönes hat mir nie jemand gesagt. Wie sollte ich das je vergessen?«

»Ich dachte *ab jetzt und für immerdar* ist das Schönste, was du je gehört hast?«

»Dann ist es jetzt das Zweitschönste.« Er zog die Nase hoch, sah ihn entschlossen an. »Lass uns duschen gehen.«

Moment. »Ich dachte, du magst das nicht.«

»Ich betrachte das als offiziellen Part unserer Beziehung.« Er schlang seine Finger in Theos. »Aber es wäre fair von dir, wenn du mich danach mit etwas richtig schön Inoffiziellem belohnen würdest.«

»Ich könnte dir deinen puscheligen Schwanz einseifen.« Das hatte er ohnehin vorgehabt.

»Auch den anderen?« Kouki biss sich auf die Unterlippe. Sein Blick war reinste Verführung.

»Ja, den auch.« Er klang nach einer eins A Halsentzündung, dabei fühlte er sich besser als jemals zuvor.

Kouki schlang ihm die Arme um den Nacken, schmiegte sich eng und warm und wundervoll riechend an ihn. »Wenn das so ist, darfst du mich jedes Jahr zu Weihnachten duschen.« Ein Augenaufschlag, süßer als es je ein Plätzchen sein konnte. »Deal?«, flüsterte ihm Kouki ins Ohr, bevor er sanft reinbiss.

»Deal.« Der beste seines Lebens.

Weitere Romane der Autorin

Schlangenfluch 01 - Samuels Versuchung

Samuel Mac Laman ist ein faszinierender Mann – und ein faszinierend schöner Mann. Als der Kunststudent Laurens Johannson ihm zum ersten Mal begegnet, möchte er ihn zunächst nur porträtieren. Aber der Highlander mit den honigfarbenen Augen, der selbst im Sommer nur hochgeschlossene Kleidung trägt, weist ihn ab. Nach einem brutalen Überfall erfährt Laurens den Grund, warum Samuel zu jedem Fremden Distanz wahrt.

Die Hälfte seines Körpers ist mit einer hochsensiblen Schlangenhaut überzogen.

Schlangenfluch 02 - Ravens Gift

Raven hütet ein grausames Geheimnis. Um seinen Bruder zu schützen, stellt er sich einer Herausforderung, die ihn mehr und mehr in die Knie zwingt.

Samuel und Laurens ahnen nichts von der Gefahr. Sie kämpfen darum, die Geschehnisse am Loch Morar vergessen zu können. Doch ein alter Feind stellt sich ihrem Glück in den Weg. Von Rache zerfressen, setzt er alles daran, ihre Liebe für immer zu zerstören.

Schlangenfluch 03 - Seans Seele

Der junge Ire Sean lebt am Rand der Gesellschaft. Als er in Bangkok unter die Räder kommt, nimmt ihn die Drogenhändlerin Isabell bei sich auf. Sie plant, mithilfe des Giftes einer uralten Spezies, die Droge des Jahrhunderts zu kreieren. Als sie erfährt, dass ein gewisser Raven Mac Laman der Nachfahre eben jener Wesen ist, beschließt sie, ihn aufzuspüren und für ihre Zwecke auszubeuten.

Sie überträgt Sean die Aufgabe, sich um den geheimnisvollen Mann zu kümmern.

Über Shenyang und Moskau führt der Weg nach Morar, einem kleinen Ort in den schottischen Highlands. Doch was Sean dort vorfindet, raubt ihm in vielerlei Hinsicht den Atem.

Schuldfrage

Cedrics Alltag ist ein Scherbenhaufen. Kaum bricht die Dunkelheit herein, ertrinkt er in Ängsten. Sie kreisen um eine Ruine, Gestank und einen gesichtslosen Fremden. Er kittet die Bruchstücke seiner Existenz mit der Flucht in eine Zweckbeziehung und abrufbarem Sex, ohne dem Chaos länger als wenige Augenblicke zu entkommen. Erst der junge Landstreicher Mika, der durchnässt und barfuß in sein Leben stolpert, schenkt ihm Momente voll Geborgenheit und Frieden. Sie zersplittern wie Glas, als Mika von einer Nacht erzählt, die neun Jahre zurückliegt.

Drahtseiltänzer

Ein Tanz auf dem Drahtseil, ein Deal, der zum Verrat zwingt und eine Nacht am Strand, getaucht in Geborgenheit und Nähe.

Doch die Sonne geht auf und der neue Tag schlingt vertraute Fesseln um Ciros Leben.

Ein toter Bruder, ein missratenes Outing und eine Spontanreise in die Toskana. Noah braucht Abstand. Zu sich und seinen Eltern – nicht zu dem Italiener mit dem verträumten Blick und den braungebrannten Füßen in sandigen Flip-Flops.

Rattenfänger – Hongkong Storys 1

Hongkong 2037

Nach einer Pandemie liegt die Weltwirtschaft am Boden. Wer es sich leisten kann, flüchtet in die chinesische Metropole in der Hoffnung auf ein Leben in Überfluss und Reichtum.

Doch die Stadt birgt ihre Schattenseite – Kowloon.

Menschenhandel, Prostitution und Drogen bestimmen das Dasein der Gesichtslosen.

Im Begging Monk, einem Klub in dem verkommenen Bezirk, bieten Shivas das an, was sie besitzen – sich selbst.

Joseph Wakane dirigiert das Geschehen im Grenzbereich von Menschlichkeit und Moral. Er kennt die Währung, mit der Träume erkauft und Existenzen zerstört werden.

Liam O'Farrell war ein erfolgreicher Arzt, aber die Eintönigkeit seines Alltags erstickte ihn.

Er kehrte der geordneten Sicherheit Hongkong Islands den Rücken und floh in das vor Dreck und Chaos überquellende Kowloon. Nun flickt er zusammen, was die Nächte im Monk von den Shivas übrig lassen. Als er

Joseph zu einer Auktion im Hafen begleitet, erfährt er zum ersten Mal hautnah, wie aus Menschen Ware wird.

Er ist entsetzt.

Bis ihn ein junger Mann anfleht, ihn zu kaufen.

Totgespielt – Hongkong Storys 2

Hongkong 2038

In den Bordellen Kowloons verbreitet sich eine neuartige Droge. Unter ihrem Einfluss lassen sich die Shivas auf qualvolle Weise zu Tode spielen.

Joseph Wakane, der Inhaber des renommierten Begging Monk, versucht, seine Leute vor diesem Übel zu beschützen.

Doch dies ist nicht das Einzige, das ihm Sorgen bereitet.

Sein ehemaliger Besitzer und späterer Geschäftspartner Nimrod Gage stellt ihm ein Ultimatum: Dean im Austausch gegen alles, was Joseph heilig ist.

Joseph nimmt die Herausforderung an.

Bis sein Geliebter Liam O'Farrell zwischen die Fronten gerät.

Seelenfraß – Hongkong Storys 3

Hongkong 2038

Nie wieder Ware sein. Nie mehr das perfide Spiel zwischen Qual und Lust ertragen.

Für die Sicherheit Liams, seines Geliebten, bricht Joseph den Schwur und sinkt mit jeder Vollmondnacht tiefer in den Albtraum seiner Vergangenheit.

Er weiß, ohne die Opferbereitschaft seines Shivas ginge er darin verloren.

Dean begreift nicht, was mit Joseph vor sich geht. Jedes Mal, wenn er von den Geschäftsterminen mit dem Triadenfürsten zurückkehrt, scheint er ein anderer zu sein. Grausam, kalt und auf seltsame Weise geschwächt.

Er stellt Joseph zur Rede.

Und wird Zeuge von Dingen, die er besser nie gesehen hätte.

Der Sodomit

Ungarn im 15. Jahrhundert. Mihály Szábo ist Arzt im Dienste König Matthias Corvinus. Der Wissenschaft verpflichtet kämpft er nicht nur gegen die Pest, sondern auch gegen den Vorwurf der Ketzerei.

Als ein Junge wegen seines Buckels halb totgeschlagen wird, sieht sich Mihály als Arzt und als Mann herausgefordert. Er kümmert sich um „das Hexenbalg" und macht es sich zur Aufgabe, seine Entstellung zu richten. Doch während der schmerzhaften Prozedur kehren Gefühle zurück, die besser im Verborgenen geblieben wären.

Rot. Grün? Blind!

Wer ist der smarte Blonde, der mit Frank-Sinatra-Hut und Sonnenbrille aus dem Fond einer Limousine steigt?

Finn kann sein Glück kaum fassen, als er erfährt, dass es sich um seinen neuen Nachbarn handelt.

Aber weshalb überquert H.Veller, ohne nach rechts und links zu sehen, die Straße?

Und das zur hektischsten Berliner Rushhour?

Finn eilt dem seltsamen jungen Mann zur Hilfe und begreift, warum Rot eine schreckliche Farbe ist und Schatten guttun können.

Zwischen jetzt und nie geschehen

Demian ist fasziniert von dem Geschichtenerzähler, dessen sanfte Stimme versunkene Königreiche und uralte Mythen heraufbeschwört.

Doch warum nennt dieser ihn bei einem falschen Namen und behauptet, ihn seit vielen Jahren zu kennen?

Demian verbringt mit ihm die sinnlichste Nacht seines Lebens, während er seiner eigenen Geschichte lauscht.

Sie führt ihn zu einem Mann, dessen Existenz er längst vergessen hatte.

Mr. Cutter's Special Way of Kissing

Jacob Getty erwartet wenig von seinem Leben. Aufgrund einer Gewissensentscheidung unehrenhaft aus der Army entlassen, verbringt er seine Tage als Taxifahrer.

Als er während eines Schneesturms einen Mann vom Straßenrand aufliest, unterbreitet dieser ihm ein verlockendes Angebot.

Jacob soll für ihn als Chauffeur arbeiten.

Im Gegenzug verspricht der Fremde, ihn niemals zu küssen.

Der Marquis von Flandern

Geliebter Hendrik!

So beginnt jeder der sieben Briefe, die Hendrik de Ruiter zwischen den Seiten antiker Bibeln gefunden hat.

Der Verfasser nennt sich selbst *der Marquis* und scheint den ersten Brief vor sechshundert Jahren geschrieben zu haben, während der letzte auf den Tag von Hendriks Geburt datiert ist.

Hendrik kann nicht glauben, dass sie an ihn gerichtet sind, nur weil er zufällig denselben Namen des flämischen Bauernsohnes trägt.

Erst, als der Schreiber in einem der Pergamente einen grausamen Mord gesteht, beginnt Hendrik, nachzuforschen. Er stößt auf das Geheimnis einer über Jahrhunderte andauernden Liebe und erkennt, dass er ein Teil davon ist.

Spiegelbrüder – Joanas Söhne

Jede Nacht träumt Jaron von Léan.

Jeden Morgen wacht er in dem Zimmer in New Orleans auf, blickt in den Spiegel und redet sich ein, seinen toten Zwilling im Glas zu sehen.

Bis Mr. Bennett an seine Tür klopft und ihn auf seine Weise davon überzeugt, am Leben zu bleiben.

Dennoch kann ihm Jaron nicht verzeihen, dass er ihn damals aus dem St. Helens Jugendheim weggebracht und Léan zurückgelassen hatte.

Eines Nachts steht ein Mann in Zylinder und Sonnenbrille an seinem Bett. Er beschmiert den Spiegel mit Koordinaten.

Sie führen mitten in die Sümpfe.

Die Sache mit den Zimtsternen

Kein Fuchs im Hühnerstall, dafür einer im Kohlenkeller.

Wenn sich Theo nicht beeilt, ist der Jäger schneller, und um das erstaunlich zutrauliche Tier mit dem rostroten Fell ist es geschehen.

Doch im Keller findet er keinen Fuchs.

Nur einen jungen Mann mit faszinierend schönen Augen.

Und die verrückteste Geschichte seines Lebens.